男装の華は後宮を駆ける 二

亡妃の翡翠

朝田小夏

角川文庫
24328

目次

人物紹介

イラスト／ゆき哉

司《し》馬《ば》芙《ふ》蓉《よう》

明るく聡明な名家の令嬢。天才的な洞察力を持ち、皇太后の「文使い」として、男装して事件を捜査し、解決に導いた。蒼君が気になっている。

蒼《そう》君《くん》

皇帝から「文使い」を命じられた青年。芙蓉に身分を隠しているが、その正体は皇帝の第七皇子・斉王趙蒼炎。思慮に富み、礼節を重んじる真面目な性格。

蓮《れん》蓮《れん》

芙蓉の侍女。後宮の女官たちと仲がよく、後宮の噂に詳しい。

李《り》功《こう》

蒼君に仕える護衛。忠実で気が回り、武術に長ける。

皇太后

後宮を司る皇帝の母。皇帝を陰から支える。華やかで豪快な性格。

魯《ろ》淑《しゅく》妃《ひ》

自らの復讐のために謀叛を計画した妃。冷宮に幽閉されている。

南《なん》太《たい》儀《ぎ》

女官出身の皇帝の妃嬪。頭がよく女官たちから慕われている。

南《なん》盟《めい》宣《せん》

兵部尚書の息子にして南太儀の兄。弓の名手。

河《か》南《なん》王《おう》

皇帝の末の弟。風流事が好きな色男で、遊び人との噂もある。

序

四更（午前一時頃）、燭台《しょくだい》の蠟《ろう》が垂れ、隙間風で灯《あか》りが影を揺らす一室、牀《ベッド》に座る一人の麗人が、髪の乱れも直さずに枕の下から箱を取り出した。

「これは誰への贈り物にしましょうか」

赤漆の箱は金の金具がつけられて、「囍」の文字が中央にあり、それを囲むように二羽の鶴が羽を広げている。

月影が斜めに差し込み紅玉の簪《かんざし》を燦《きら》めかせた。

「これは皇帝陛下からいただいたもの」

麗人は杏《あんず》の簪を箱の中に入れる。

「これは皇太后さまからいただいたもの」

赤い瑪瑙《めのう》の腕輪をもう一つ入れる。

「これは入宮するときに母が持たせてくれたもの」

赤水晶の耳飾りを愛おしそうに灯りにかざして見てから、櫛《くし》と佩玉《はいぎょく》、匂い袋、指輪の全部で七つを選んで箱に入れた。

「さて……この箱を誰に贈りましょう」

しんと静まり返った部屋を見回して暗闇に包まれているのを見ると、ふうっと女は息を漏らした。開けることが許されぬ窓には黒い帳《とばり》が掛かり、卓はあちこち漆が剝《は》げている。この陰気な部屋の華やかなものと言えば、もう使わなくなった化粧箱くらいか。鏡がなにも映すことなく立てかけられていて、かつての栄華を悲しげに誇っていた。

——蒸す夜ね……。

女は寝衣の襟を緩めた。

五月になって寒さとは無縁となったが、夏を越える自信はない。咳《せき》を二つ吐き、血に染まった手巾《しゅきん》を手に、明日は重午節《たんごせつ》であることを思い出すと、はっとした。

「あの子がいいわ……そうあの子……あの子なら贈り物を突き返したりしないもの」

女の痩《や》せこけた顔に少し生気が戻り、半分翳《かげ》が消える。微笑したまま、部屋の向こうに声をかけた。

「誰か。誰かいないの？」

何度か呼んで、ようやく若い宮人が眠そうな顔で現れた。女に対する敬意も恐れも全くなく、ただ仕事だと割り切った様子で面倒くさそうにこちらを向いた。

「これを慶寿殿《けいじゅでん》に届けるように侍衛にいいつけて」

「慶寿殿でございますか……」

宮人は戸惑いを見せた。

「ええ。皇太后さまの大姪《おおめい》、司馬芙蓉《しばふよう》さま宛に渡して頂戴《ちょうだい》」

「……かしこまりました。そろそろ、灯りは消しましょうか」

「いいえ、このままに。明日の朝まで絶やさぬように」

宮人は首を傾げて頷《うなず》き、部屋を出ていった。

女はその足音が遠のくのを確認すると、鏡の前から化粧道具の一瓶を手に取り、静かな微笑を浮かべた。

第一章　翡翠《ひすい》

1

五月五日、重午節——。

後宮の宮苑《きゅうえん》はいつになく華やいでいた。

各地から集められた菱《ひし》、合歓《ねむ》、カンナなどの花々が、太湖石《たいこせき》の間に咲き乱れている。

そして柳の枝が垂れる金明池《きんめいち》へと視線を向ければ、蓮《はす》の葉が生い茂り、白い花の蕾《つぼ》みを無数につけているのが見えた。さらさらという清らかな音は、青竹に風が通る音だろうか——。

「早く、早く、蓮蓮《れんれん》！」

その中を涼やかな青色の衣を纏《まと》った司馬芙蓉が、緑色の裙《スカート》を翻して宮苑の小道を池へと走っていた。初夏の陽射しに頬が光り、聡明《そうめい》そうな額に影が映る。二重の明眸《めいぼう》の長い睫毛《まつげ》は、揺れるたびに羽ばたくようで愛らしいが、焦りを見せているのは、皇太后のお召しによる茶会が既に始まっているからだ。

「あっ！」

そして目の前に現れたのは、広大な池に浮かぶ青、赤、黄、白、黒に塗られた小舟だ。それぞれ着飾った宮人たちが乗り、速さを競っている真っ最中だった。応援している女官宮人たちも友が出場しているのか大盛り上がりである。

五月五日の重午節にはサソリ・蛇・ムカデ・ガマ・トカゲの五種類の毒虫が集まる日とされるが、古代の詩人・屈原《くつげん》が川に身を投げた日でも知られ、皆が競って救おうとしたことに由来して速さを競う竜舟《ドラゴンボート》が催されるようになったと言われている。つまり、季節の節目だから健康に気をつけようという祭日で、竜舟に市井も宮廷も賑《にぎ》わう。歓声は黄色い声となり、太鼓の音と共に騒がしい。芙蓉は思わず足を止めたが——背に気配を感じた。

「芙蓉さま、お待ちしておりました」

皇太后の右腕の宦官《かんがん》、劉公公《りゅうこうこう》が足音も立てずにやって来て頭を下げたのだ。

「劉公公、まだ始まったばかりですか？」

「はい。一回戦目です。三回までございますので、まだ間に合いますよ」

劉公公は皺《しわ》だらけの顔を笑顔にして朗らかに言った。手には宦官の払子《ほっす》を持ち、高価な絹の袍《ほう》を着ている。七十代といえばかなりの高齢だが、頭はしっかりとしている老人で、皇太后は万事を任せている。芙蓉は丁寧に礼を言った。

「ありがとうございます。それで、皇太后さまは？」

「築山《つきやま》の上にある、あの東屋《あずまや》にいらっしゃいます」

「わかりました。行ってみます」

芙蓉は軽やかに階段を駆け上がった。袖《そで》の中に入れてある小さな毬《まり》の形の香入れが転がり、爽《さわ》やかな茉莉花《まつりか》の香りを放った。

「先に行ってくださいませ、お嬢さま……」

息を切らして追いかけていた侍女の蓮蓮は諦《あきら》めたのか、腰を押さえてまだ階段の半分も行かないうちに先に行けと手を振った。

「皇太后さま」

満面の笑みで芙蓉が皇太后の前にいくと、そこには、皇太后だけではなく、呉皇后《ごこうごう》、蔡貴妃《さいきひ》他、妃嬪《ひひん》たちが勢揃いしていた。五月一日に後宮では新しい衣が下賜されるので、皆、色鮮やかな衣で着飾っている。

「遅かったな、芙蓉。もう始まっているぞ」

皇太后は自分の横の席を叩《たた》いた。

紫色の衣に同じ色の指輪という年齢相応の地味な装いで、重いからとあまり簪《かんざし》も挿さない。しかしその一つ二つで宮殿が建つほどの価値がある。芙蓉は慈悲深い国の祖母に深く頭を下げた。

「遅れて申し訳ありません」

「よい。座るがいい」

常ならば、お説教を始める大叔母《おおおば》が、今日は機嫌がいいのかすぐに席を勧めてくれた。芙蓉は恐る恐るそれに座り、円卓を見る。薄桃色の箱に小さな扇子、粽《ちまき》、白玉、菖蒲《しょうぶ》、そして木瓜《ぼけ》、紫蘇《しそ》、菓子などが入れられている。重午節の縁起物だ。

桃、柳、葵《あおい》、ガマの葉などのきまりものも半円卓《コンソールテーブル》の花瓶に綺麗《きれい》に飾られてあった。

「どうぞ」

隣に座っていた蔡貴妃が、すかさず芙蓉に笑顔を向け、酒を注いでくれた。妃嬪の中でも若い方の三十代後半である。この人は皇帝から特に寵愛《ちょうあい》を受けているだけあって、気配りが人一倍できる。小指を少し上げ、目下の芙蓉にもまんべんなく優しく接するのは、ひとえに皇太后へのおべっかだ。

「あ、ありがとうございます」

すると、呉皇后がじろりとこちらを見た。衣の皺一本でも咎《とが》めそうな目つきだ。蔡貴妃とは正反対で気位は高く、人を見下す頑固で気難しい人だから、芙蓉は萎縮《いしゅく》した。とはいえ、蔡貴妃の方が一枚上手であるので、いつも貧乏くじを引く人物でもある。

皇后はどうやら芙蓉が遅れたことを、皇太后にのみ謝ったことが不満だったようだ。だが、ちょうど池を走る舟が曲がり、戻ってくるところだったので皆の視線がそちらに向いた。青い色の舟が大きく後れを取ると、芙蓉のことを忘れて苦虫《にがむし》を嚙《か》みつぶしたような顔になる。

「竜舟ですか」

「そのまねごとじゃ」

皇太后も視線を舟に向けたまま答えた。皇太后は黒い舟に、皇后は青に、蔡貴妃は黄色、南太儀《なんたいぎ》という嬪が赤に大金を賭《か》けているらしく、皆、真剣だ。

太儀は、側室である貴妃、淑妃、徳妃、賢妃の四妃に次ぐ嬪の一番上の身分で、淑妃と徳妃がいない今、次に妃《きさき》に封ぜられると噂されている人物である。もちろん見目も麗しい。三十代前半で、賢さが顔に滲《にじ》み出て、目元も静かである。

「竜舟は民の遊びかと思っていましたが、後宮でも催されるのですね」

「ああ。ただ、本物とはいかぬ。宮人たちに毎年、舟を漕《こ》がせているのじゃよ」

芙蓉は金を賭けていないので気軽な気分で粽を一つほおばる。そして杯に手を伸ばして呑《の》んでみると、魔除《まよ》けと毒消しの効果がある雄黄酒《ゆうおうしゅ》だった。重午節に子供の顔に塗れば、一年病気にかからないと信じられている酒だが、黄酒は芙蓉には少々強い。すぐに顔が赤くなった。

そうこうしているうちに、銅鑼《どら》や太鼓が更に強く叩かれた。決着がついたのだ。蔡貴妃が二着、皇太后が三着。大きく遅れて皇后が四着だ。

「三着か」

皇太后は不満げだったが、わざと負けられるのは嫌いなたちだ。別段腹を立てているというのではなく、あと二回の競争に更に興味が湧いたという顔だった。

「恐縮でございます……」

一着の舟に賭けていた南太儀が頭を下げ、そのあと芙蓉をちらりと見た。

彼女を後宮で知らぬ者はいない。もともとは宮人だったが、頭のよい人なので女官となり、尚食、尚服、尚宮と女官の部署を渡り歩いて少しずつ官職を上げていき、最後は皇帝の目に留まって妃嬪の一人となった。女官上がりの実力派妃嬪と言っていいだろう。女官宮人から慕われ、憧《あこが》れの存在である。華やかさには欠けているが、悪目立ちしたい性格ではなさそうだ。

「南太儀の兄君は今年の武科で一位を取ったそうでございます」

蔡貴妃が皇太后に言った。武科は文官で言うところの科挙だ。武科挙ともいう。これに受からなければ武官として出世できない。一位となれば、将来は将軍も夢ではない。

「ほお？」

皇太后が興味を示した。

「特に弓が得意で百発百中だとか。父上も兵部尚書に昇進。良いことづくしですね」

蔡貴妃が南太儀に微笑む。南太儀は頭を下げた。つまり、南太儀は蔡貴妃派というわけだ。皇后が不機嫌に鼻を鳴らす。芙蓉はこの静かなる戦いにずっと酒をすすって知らぬ顔をした。しかし、雰囲気は皇后のせいでさらに険悪になった。

「まったく誰の差し金でしょうね。さして功もなく昇進とは」

皇后は思ったことをすぐに口にする。美食で甘やかした体のせいか、動作が鈍く横柄に見えることは別にしても、目付きが厳しく口調が嫌みっぽい。妃嬪たちどころか、女官宮人たちからも好かれていなかった。

しんと静まり返った場。

誰も口を開かない。

仕方なしに、芙蓉は話題を上手く変えることを試みた。

「ところで、皇太后さま。後宮に入る警備が厳しくなったように思いますが、どうされたのですか」

遅刻したのもそのせいだ。門番はいつも芙蓉を素通りさせるが、今日は妙に入るのが厳しかった。轎《かご》の中まで宦官が「申し訳ありません、申し訳ありません」と平謝りしながらも容赦なく調べた。

「それはいたしかたないことじゃ」

皇后が杯を卓に置くとおもむろに——いや、少し誇らしげに口を開いた。妃嬪たちが一斉に真剣な面持ちとなる。どうやら皆の関心を集めている話題のようだ。

「つまらぬ魯《ろ》淑妃《しゅくひ》と晋徳妃《しんとくひ》の事件があって、妾《わらわ》が陛下よりお叱りを受けた。これからは後宮の警備だけでなく、出入り、とくに入ってくる者には注意しなければならぬ。誰とは言わぬが、商人やら家族やらを気ままに後宮に招く輩《やから》がいるからな」

皇后は蔡貴妃を睨《にら》んだが、家族を後宮に招いているのは、妃嬪だけではない。皇太后もその一人だ。

「家族を後宮に招くことになにか問題があるのか、皇后」

皇太后が温和な表情を硬くした。皆が恐れ入って顔を伏せる。

「い、いえ……皇太后さまのことではありません……他の妃嬪のことでございます……」

「そうであろう。芙蓉を後宮で行儀見習いさせたらいいと言い出したのはそなたであるからな」

皇后は頭を下げたまま上げられなくなった。

しかし、思い出せば、芙蓉を後宮で行儀見習いさせたらいいと言ったのは、皇后ではなく皇太后で、皇后は芙蓉の生活態度を咎めただけだった。だが、それをこの雰囲気の中で皇后は指摘できないし、そもそもそれを覚えているほど記憶力のいい人ではなかった。そんな中、口を開くのは蔡貴妃である。

「家族からの手紙や贈り物まで調べ、人が門を潜る時は衣を脱がさんばかり。後宮を歩いているだけで宦官《かんがん》どころか女官宮人までどこにいくのか、誰と会うのかと坤寧殿《こんねいでん》の者に詰問されるのはいささかやりすぎですわ。そうではございません？　皆さま」

蔡貴妃はちゃっかり妃嬪たちの賛同を得て、皇后を批判した。

皇太后は吐息を漏らす。

「その件は皇后に任せてある。皇后の判断に従うがよい」

「御意」

全員が神妙な顔になり、皇后だけが口角を上げながら頭を下げた。

芙蓉はいつもながらの後宮のやりとりに疲れてしまう。

「わたしは少し酔ったようです。酔い覚ましに行ってきます」

舟が用意されて、次の競争が始まろうとしていた。太鼓の音が鳴り、築山《つきやま》の下が騒がしくなっている。金を賭ける間もなかった芙蓉は皇太后や妃嬪《ひひん》たちほど熱心ではなかったし、この息が詰まる空間にずっといたくなかった。きっと次の舟が出る頃には話題がなくなって「芙蓉さまの婿は誰になるのでしょう」などと言い出す人がいるに決まっているのだから。

「ならば、劉公公を連れて行け」

皇太后の声は銅鑼の音にかき消された。

2

芙蓉は強い酒に足を取られながら、築山の階段を下った。危なっかしかったのか、劉公公が心配げに見上げている。

「どうされましたか」

「少し酔ったみたいなんです。酔い覚ましに散歩しようかと思って」

「それはよいお考えです」

長く皇太后に仕えている劉公公だ。築山の東屋《あずまや》でどんな応酬が妃嬪たちの間で行われているのか想像できるのだろう。歯のない口で小さく笑った。芙蓉は大袖《おおそで》に隠していた手提重を劉公公に見せた。

「こんなところにいないでどこかでお菓子を食べましょうよ、劉公公」

「しかし……皇太后さまのお許しを得ないと――」

芙蓉は片目を瞑《つむ》って見せる。

「もちろん、お許しくださってます。さあ、行きましょう！」

足の悪い劉公公が築山の下で待機していてもそれほど役には立たない。芙蓉と気晴らしでもすればいいと、身分は違えど相棒とも言える劉公公に皇太后は配慮したのだろう。

芙蓉は元気に劉公公の腕を取る。

二人は石榴園《ざくろえん》を通り過ぎ、散り終えた桜桃園《おうとうえん》も素通りすると、妃嬪たちからは見えない竹林の裏にある小さな東屋――三人も中に入れば一杯になるような場所に落ち着くことにした。二人の女官と蓮蓮が後から来たので、五人は肩をすぼめるようにして長椅子に座った。

「さあ、食べて」

芙蓉が持って来たのは、高価な菓子ばかりだ。雄黄酒もある。小さな杯を一つずつ全員の前に置くと重午節を祝う乾杯に芙蓉は杯を掲げた。

「みんなの健やかな一年を祈って乾杯！」

芙蓉が音頭を取り、皆ひと息に杯を干すと手提重の菓子を食べる。女官たちは大喜びだ。

「今日は芙蓉さまに福を分けていただきました」

慶寿殿の女官がいうには、皇后は後宮に働く者たちへの締め付けを厳しくしており、勝手に菓子などを失敬すると笞打《むちう》ちにされてしまうのだという。家族との文のやりとりさえ難しくなっているらしく、それを芙蓉は横暴に思った。

それでも少しばかりの酒と菓子があれば皆の顔は晴れやかだ。芙蓉も温かな初夏の空気に心が和んだ。

「いい眺め」

しかも少し高台だったので、後宮が一望できた。中にいると小さく感じる場所だが、こう見ると改めてその広さに驚く。なんとも感慨深い。芙蓉は揚げ菓子を口に放り込みながら、整然と並ぶ御殿の屋根を数えていた。しかし、そんな芙蓉に蓮蓮が訝《いぶか》しげに言う。

「なにか臭いませんか」

「臭う？　なにが？」

「さあ……なんというか、焦げた臭いのような……」

その場にいた全員が鼻をクンクンとさせたが、芙蓉はなにも感じなかった。しかし、瞳《ひとみ》をもう一度、後宮の方へと移せば、細い白煙が宮殿の間から一筋、空へと上がり始めているのが見えた。蓮蓮が後宮の北西を指差した。

「あれは……火事ではありませんか……」

「火事……まさか……」

芙蓉は目をこらした。

——一体、火元はどこ？　あそこは確か——。

芙蓉は叫んだ。

「宝文閣《ほうぶんかく》！」

今の主《あるじ》は魯廃妃。後宮に未だ住んでいるので便宜上、「淑妃」と呼ばれているその人は、呉皇后と蔡貴妃を争わせると同時に、その罪を第一皇子の母、晋徳妃になすりつけて復讐《ふくしゅう》を図った。その「魯淑妃」が幽閉されている「冷宮」からまさに火の手が上がっていた。

芙蓉はとっさに立ち上がると、歩き出した。

やがて、それは早足となり、皆が「芙蓉さま！　お待ちください！」と言うのも聞かずに細道の坂を下って行く。蓮蓮だけが芙蓉を追いかけ、劉公公は「早く、皇太后さまにお伝えせよ！」と女官に叫んでいた。

細い小道を下りれば後宮に至る。そして芙蓉は門を潜って宮殿の塀が規則正しく並ぶ通りに出た。すでに煙は白から黒に色を変え、心配そうに宮人たちがどうしたものかと通りに出ていた。

芙蓉はそんな者たちを横目に冷宮の塀沿いを走る。

既に侍衛や宦官たちが防火用の水瓶から桶《おけ》で水を汲《く》んで運んでいたが、門前は近づこうものなら呼吸ができないほどの煙で充満していた。芙蓉は手のひらで口をおさえ足を止めた。

「お嬢さま！」

蓮蓮が袖を取って引いたが、芙蓉は魯淑妃が心配だった。彼女は病で寝たきりも同然。逃げたならいいが、そうでなければ大変なことになる。芙蓉は門から中を見た。炎は既に固まりとなって周囲を焼き尽くさんとしており、時折、弾《はじ》けるような音がする。

「おおお！」

侍衛たちが唸《うな》ったのは、柱が焼けて折れたからだ。

蓮蓮が芙蓉の腕を引っ張って、無理やり火事現場から連れ出した。

「お嬢さま、危険過ぎます！」

「わかっている。いくらわたしでも火の中に飛び込もうだなんて思ってないわ。ただ様子を見に行っただけ」

「このままでは全焼は免れませんわ。他の宮殿に延焼しないことを祈るばかりです」

確かにその通りだ。ここまで来たら、冷宮は諦《あきら》めなければならない。延焼や怪我人のことを最優先にしなければ――そう思った時、芙蓉は地面に座って水を飲んでいる宮人を見つけた。顔は煤《すす》だらけ、衣は焦げている。宝文閣の宮人だろうか。

「だ、大丈夫？」

芙蓉の大袖の衣姿から貴人だと気づいた彼女は、瞳だけをこちらに向け、火傷《やけど》したと思われる左足を庇《かば》いながら立ち上がった。

「いいわ、座ってて。太医《たいい》は呼んだの？」

「いえ……」

太医は妃嬪を診るが宮人は診ない決まりだ。司薬《しやく》と呼ばれる女官が女官宮人を診る。

「宝文閣の宮人？」

「は、はい。冉茗児《ぜんめいじ》と申します……」

「他に助かった人はいる？」

「……分かりません……わたしは武官さまに助けて頂いたので……」

それで初めて芙蓉は冷宮を見張る侍衛の男が目に入った。顔が煤だらけでどんな容貌《ようぼう》なのか分からないが、長軀《ちょうく》でがっしりとした肩をしている。鎧《よろい》を身に纏《まと》う屈強そうな男だ。

火の手の上がる建物に飛び込み、魯淑妃を助けに行ったが、結局助けられたのは宮人のみだったということだろうか。

「他に宝文閣の者は？」

武官は悲しく首を振る。芙蓉の中に熱い苦しみがこみ上げてきた。魯淑妃は罪人ではあるが、その背景には多くの苦しみが隠されていた。それに病が重く命が短いのは分かっていたから、せめて天寿を全うして欲しかった。芙蓉はその気持ちを振り切るように武官に言った。

「この火傷では後宮では対処できないでしょう。翰林《かんりん》医官院に人をやって収容できないか相談してみて。皇太后さまにはわたしから申し上げるから」

芙蓉が言うと、武官が頷《うなず》いて走り去った。

残された芙蓉は桶に水を張って持ってくると、手巾《しゅきん》を濡《ぬ》らし、宮人の火傷に当ててやる。かなりの怪我のようだ。芙蓉は見ることがはばかられた。

「魯淑妃は？」

「さあ……あっという間に火が回ったので、私は自分が逃げることしかできなくて……申し訳ありません……」

宮人はそう言うと、ようやく現実に戻ったのか、しくしくと泣きだした。袖で顔を拭《ぬぐ》うと二十くらいだろうか、切れ長の目の娘だった。怖かっただろうと芙蓉は抱きしめてやった。

「お迎えにあがりました」

そこに緑の袍《ほう》の下級医官が現れた。板戸を宦官《かんがん》たちが持っていて、歩けない宮人をそれに乗せた。宮人は泣き止まず、膝《ひざ》を抱えて顔を隠したまま医療所へと向かった。

「芙蓉さま……」

人と話していた蓮蓮がこちらに来て心配げに眉《まゆ》を寄せた。

「どうしたの？」

「皇太后さまがお呼びです」

きっとまた余計なことをしたと怒られるのだろう。

芙蓉は乱れた髪を指で整えると、慶寿殿へと急いだ。

慶寿殿に戻ると皇太后は不安そうな顔だった。それが芙蓉を見ると大きく目を見開いて、謝ろうとした彼女を抱きしめてくれた。心配させてしまったのだと思うと芙蓉は申し訳なくなった。

「火事を見に行ったと聞いて案じておった」

「申し訳ありません……ご心配をおかけしました」

「怪我はないか」

「どこも悪くはありません。遠くから見ただけだったので」

「どうであった？」

「どうやら、生き残りは宮人一人のようです」

「うむ……」

皇太后はそれ以上なにも言わなかった。冷宮で起きたことは仕方のないことだと思っているのかもしれない。それより、延焼の方が心配なのだろうか。芙蓉は皇太后の袖《そで》を摑《つか》んで言った。

「今夜は慶寿殿に泊まって行ってもいいですか」

う？」

「皇太后さまが心配だからです……なにかあったらわたしが背負って逃げられるでしょう？」

真剣に言ったのに皇太后は大きく笑った。

「まぁ、よい。宝文閣から慶寿殿は遠い。大事ないと思うが、心配なら泊まるといい」

「ありがとうございます、皇太后さま！」

その夜、芙蓉は皇太后の牀《ベッド》で並んで眠った。皇太后は勝ち気な人だが、やはり一人の女人であり、火事が本当のところ怖いのだろう。その夜は遅くまで、火事を知らせる太鼓の音がした。二人は何度も寝返りばかりして、眠ったのは月が窓から影を差さなくなってからだった。

翌朝は、からりとした五月の快晴で、昨日ほど焦げた臭いはしなかった。それでも慶寿殿では窓を開けることはなかった。嫌な臭いと煤のようなものが舞っていて窓から入ってくるからだ。皇太后はお気に入りの白檀《びゃくだん》を青銅の香炉で大量に焚《た》かせ、部屋に染みついた臭いを払おうとしたけれど、そんな皇太后の努力は、すぐに水の泡になる。夜通しで火消ししていた宝文閣の侍衛隊長が武具を鳴らして現れたからだ。

「皇太后さまに拝謁いたします！」

なんとも頼もしい武官だったが、顔も汚れ、武具も焦げていた。黒い煤が皇太后のお気に入りの絨毯《じゆうたん》を汚した。しかし、男だったら宰相だっただろうと言われているのがこの皇太后だ。些細《ささい》なことは気にせずに、まずは侍衛や消火に尽力した者たちを労《ねぎら》い、食事と休憩を与えるようにと手配を劉公に命じてから武官に向き合った。

「魯淑妃はどうなったか」

「魯淑妃さまと思われるご遺体は、牀の上で発見されました。装飾品などの遺留品からご本人ではないかと……」

武官は口ごもりながら言葉を選んで答えた。

「宝文閣は？」

「宝文閣は全焼いたしました」

「うむ……延焼はあったか」

「南隣の天章閣《てんしょうかく》の塀を焼きましたが、延焼は食い止めました」

「それは重畳。大変であったな」

「恐縮に存じます」

「して、火事の原因は？」

皇太后は深く椅子に凭《もた》れた。

「それが……まだ特定にはいたっておりません……」

武官は言いづらそうに軍礼したまま頭を下げる。

「なにか不審な点でもあるのか？」

「いえ……その……不審と言っていいのか分かりませんが、ご遺体に不思議なことがありましたもので――」

「不思議なこと？」

皇太后は眉を寄せた。

芙蓉も瞬《まばた》きをする。一体、なにがどう不思議なのか。武官は更に頭を低くした。

「まだ検屍《けんし》の最中でございまして、確かではございませんが、ご遺体の口の中に翡翠《ひすい》の飾りものがあったとのことでございます……」

「翡翠の飾りものが死体の口の中にあったんですか⁈」

芙蓉は思わず声を上げて、皇太后から睨《にら》まれたが、黙ってはいられない。一歩踏み出して侍衛隊長に尋ねた。

「それは、どんな翡翠ですか」

「一部は熔《と》けていて現状ではなんとも。検屍が終わりましたらお持ちした方がよいでしょうか」

「そうせよ」

「かしこまりました。それでは失礼します」

「ご苦労であった。翡翠が口にあった件は誰にも言うでないぞ」

「御意」

皇太后は労いの言葉を口にし、武官も三歩後ろに下がってから背を向けて、明るい戸口の向こうに消えて行った。

芙蓉はその背が完全に見えなくなると呟《つぶや》いた。

「口の中に翡翠って……」

皇太后は肘掛《ひじか》けを指で叩《たた》いた。考えをまとめようとする時にする皇太后の癖である。

「そうじゃな。古代には、玉蟬《ぎょくせん》と言って死体の口に翡翠を入れて魂の復活を祈る葬具があったが……」

「どんなものですか？」

「蟬の形をした玉《ぎょく》じゃ。蟬は孵化《ふか》して、さなぎとなり、皮を剝《は》ぎ、そして羽を生やす。それと同じように、死後に仙人として生まれ変われるようにと祈るための葬具と言ったらいいのか、呪具《じゅぐ》と言ったらいいのか——そういう風習が古代にはあったらしい。そもそも翡翠には不思議な力があると信じられているからの。羽化登仙《うかとうせん》という言葉はここから来ている」

——羽化登仙。

羽が生えて仙人になり、天に昇るという意味だ。転じて酒に酔って良い気分になることもそのようにたとえる。芙蓉は考えこんだ。

——火事になってもう逃げられないと思った魯淑妃は仙人になるため自ら呪具を口にした？　仙人ってことは道教の思想よね？　魯淑妃が道教に帰依していたとは聞いたことがない……どちらかというと仏教を信じて皇太后さまが建設しようとした静徳寺《せいとくじ》のた

めに寄進していたと伺ったことはあるけど……。

不可解だ。本当にただの火災なのだろうか。これは調べる必要があると芙蓉は思った。

「皇太后さま、皇帝陛下はなんとおっしゃっているのですか」

「火消しを手伝った者たちに褒美と労いの言葉をくださった」

「それだけですか。魯淑妃のことは――」

「もうその名は口にせぬ方がよい。つまらぬことに首を突っ込むことになる」

「でも……」

芙蓉は案ずる目を皇太后に向けた。皇太后はその視線を避けるように青磁の花瓶に飾られた草花を見つめ、小さく吐息を漏らす。

「確かに、皇帝陛下も今回の件は大変気にされてはいる。が、子細を公にすれば官吏たちに、陛下が罪人を手厚く埋葬するのでは、まだ魯淑妃にお気持ちがあったのでは、家族の罪を免じて復職させるのではなどと憶測を呼ぶ。翡翠のことは報告すべきであるが……いかがしたものか……」

芙蓉はすぐに自分が文使いをすると言い出そうとして留《とど》まった。もし、文使いをすれば、蒼君《そうくん》と久しぶりに会うことになるだろう。まだ身分を偽っているので会うのはやや気まずい。

「玉蟬のことは、皇帝陛下に報告しなければならぬだろう……不審火の可能性もあるから、どうしたものか――」

皇太后も悩んでいる様子だった。できれば芙蓉に危険を冒させたくはないのだろう。だが、宮殿から出られる宦官《かんがん》を動かせば、必ず周囲に漏れる。特に今は皇后が、後宮に入る人を厳しく調査しているから、報告が皇后の元に行く。ならば、さほど咎《とが》められずに出入りできる芙蓉以外に最適な人はいない。

「……わたしがやります」

芙蓉は迷いつつ言った。皇太后を助けたいという思いと、魯淑妃を助けられなかったという後悔がそうさせた。蒼君には必ずいつか本当のことを言おうと心に誓って――。

3

五月六日――。

酒楼の旗の色が変わったと連絡があったのはその日の朝のことだ。小響《しょうきょう》に呼び出された蒼君は、いつものように未《ひつじ》の刻（午後二時頃）の少し前に着くように屋敷を出た。先に着いた蒼君は二階に通されると窓を開き、帳《とばり》をめくって欄干にもたれた。

――小響……。

どうやら、待ち人は馬車ではなく徒歩のようだ。

遠く橋のたもとを、侍女一人を連れて小走りに来るのが見えた。

この界隈《かいわい》では白米、炙《あぶ》り肉、干し肉、うど、衛州《えいしゅう》の果物などが日傘に覆われた屋台に並べられている。そこに僧侶《そうりょ》や、官吏、道具を持った職人などが歩いているだけでなく、荷車を引く馬と人足、駱駝《らくだ》、轎《かご》などがいるから、肩をぶつけずにまっすぐに歩くのも難しい。かと言って、麗京《れいけい》は水の都。道の端を歩けばすぐ横は川で、落ちると大変なので気をつけなければならない。柳の木の手前を行くのが麗京人の暗黙のきまりだ。しかし、そんな道でも小響は慣れたもので、人混みをぬうようにこちらにやって来る。

「蒼君さま！」

小響は酒楼に近づくと、二階の窓辺から様子を見ていた蒼君に声をかけてきた。もちろん男装している。爽《さわ》やかな夏物の袍《ほう》を着、色は青。手が込んだ波と鯉の刺繍《ししゅう》なども可愛らしく、趣味と育ちの良さが表れていた。髷《まげ》を留める小冠も銀のものから淡い色の翡翠に衣替えしており、どこから見てもお坊ちゃまといった風貌《ふうぼう》である。

「久しいな」

蒼君が上から扇子を振って言うと小響は拱手《きょうしゅ》した。

「お久しぶりです」

「まぁ、上がれ。料理はもう運ばれてある」

蒼君は部屋を出て吹き抜けの階段の上部に立った。小響は酒楼の敷居を軽やかに跨《また》ぎ、店の中央にある階段を上がって来る。しかし、なにか思うところがあるのかもしれない。二階にやってきた小響の顔色は、ほんの少しだけ、ぎこちなかった。

「蒼君さま」

「小響、元気だったか」

彼は細身の長身の体を曲げて、小響の視線の高さで目を合わせたが、彼女は慌てて身を離した。

「は、はい。元気にしてました」

髭《ひげ》のない顔を見られないようにするためか、小響は俯《うつむ》きがちに拱手する。

蒼君はなにかを小響に言おうとした。「なんだ、どうした？　今日は元気がないな」とか、あるいはなにかをネタにからかって雰囲気を変えるのもいい。

しかし、そこに料理を運ぶ給仕の娘が、小走りにやって来て、小響の背に隠れた。

「お助けくださいっ」

廊下の向こうを見れば、鼻を赤くした客と思われる中年の男が娘を追いかけて来たところだった。

麗京にはさまざまな店がある。飲み屋もあれば妓楼《ぎろう》のように女人を置く場所もある。しかし、ここは酒楼とはいえ、昼から開いている料亭で、身分が高い貴族が会食に使うような場だ。深酒はふさわしくないし、給仕の娘たちを辱めるような行いは慎むべきところだった。

「そろそろ帰る刻限ではないのか」

「どけ。お前たちには関係ないだろっ」

相手は相当酔っているらしく、蒼君にも暴言を吐き無礼な態度だ。しかも、ふらふらとしながらひどい剣幕でまくし立てて、給仕の娘を自分のものだと言い張った。店の女将《おかみ》が出て来てなだめるも、聞く耳を持たない。小響が娘を自分の背に隠した。

しかし、酔っ払いは始末に負えない。拳《こぶし》を握って蒼君の顔面を狙ってきた。すかさず蒼君は鉄扇の親骨で手首を払った。痛みに目をつり上げた男は今度はひ弱そうな小響の襟を摑《つか》もうとした。

しかし、武術を嗜《たしな》む小響がそんなことを許すはずがない。膝蹴《ひざげ》りで腹に一発お見舞いしたかと思うと、手を捻《ひね》り上げる。

「痛《い》ってって」

男は悲鳴のように痛いという言葉をみっともなくも繰り返した。

「手をはずしたら黙って帰るか」

小響がわざと低い声で言った。

「ああ、もちろんだ……帰る。もう二度とここには来ないと約束する」

「約束を破るなよ」

小響はぱっと手を離した。しかし、男はにやりとすると、もう一度、拳を握った。今度は小響の顔を狙って――。

蒼君は見ていられなくなった。店や給仕の娘への無礼に対しても、小響への暴力に対しても腹が立つ。彼はすかさず男の肩を押し、小響から距離を置かせると、扇子をぱっと広げて喉元《のどもと》に突きつけた。

「お、おおおお」

酔いがようやく覚めた男は腰を抜かしそうになったが、その前に小響が華麗に回し蹴りを胸に喰《く》らわせたので床に叩《たた》きつけられた。傍観を決め込んでいた他の客たちが快哉《かいさい》を叫び、吹き抜けの店の中に拍手が満ちた。小響の顔から先ほどまでの暗さが、ほとばしった汗の粒とともに消えたような気がした。

「かっこよかったです。蒼君さま!」

小響は扇子を広げて、彼の一手を再現しながら笑ってみせる。屈託のない笑顔はいい。小響はこうでなければ。

「お前もな、小響」

息はぴったりと合っていて蒼君は爽快《そうかい》だった。給仕の娘も女将も礼を言い、酔った男は店から放り出されて一件落着。

「中に入ろう。料理が冷める」

「はい」

そして料理が並ぶ円卓の前に座ると、また少し気まずくなった。だから、蒼君はすぐに大切な話を振った。

「後宮は大変だったそうだな」

「ええ……魯淑妃が亡くなって。宝文閣は全焼、隣の天章閣の塀も焼きました」

小響は懐から木箱に入った文を取り出し、蒼君に渡す。皇太后から皇帝への文だ。

蒼君は神妙な顔でそれを受け取った。魯淑妃が亡くなったという事実に胸が苦しくなったのだ。

「どうかされましたか」

「いや……その……前回の事件を解決したら褒美に母の死の理由を調査してもよいと皇帝陛下よりお許しを得ていたのは言ってあったか？」

「はい。伺っております」

「どうやら、魯淑妃はなにかを知っていたらしい。話を聞く許可を得たばかりの出来事だった……もちろん、魯淑妃の死は気の毒だが……母のことも闇の中だ。新たな手がかりを探さなければならなくなった」

「それは……」

小響は言葉を失い、なんと続けたらいいのか分からない様子で黙った。蒼君は笑顔を作って、おかずを彼女の御飯の上に載せてやる。

「食べろ。大きくなれないぞ」

「ありがとうございます」

蒼君はそれ以上、母の話をしたくなくて小響に食事を勧めた。彼女ももっと背を伸ばすのだと言って、もりもりと豚肉を食べて見せ、雰囲気を明るくする。

「僕は最近、弓にはまっているんです」

「俺は新しい琴の楽譜を見つけたから暇な時は練習している」

そんなたわいもない日常を話せば、それだけで二人の間は今までどおりのものとなる。しばらく会えなかった間、ずっと彼女がどうしているか蒼君は気になっていたが、こうして再会してみれば、昨日も会ったかのような気持ちになるから不思議だ。

「それで火事についてだが――」

蒼君が切り出すと、小響は箸《はし》を置いた。

「食事中に話す内容ではないので、茶を飲んだら、少し腹ごなしに外を歩きませんか」

「そうだな」

茶を一杯喫して、二人は酒楼を出た。後から李功《りこう》が護衛につき背を守る。小響は袖《そで》に手を入れながら話し出した。

「火事に不審点があるんです」

「不審点？」

「いえ、不思議なことというべきでしょうか。報告した侍衛隊長はそういういい方をしました」

「どういうことか」

「それが――亡くなった魯淑妃の口の中に翡翠《ひすい》の飾りものがあったというんです」

「翡翠の飾り？　玉蟬か？」

「皇太后さまもそのようにおっしゃっていました」

ちょうど船着き場で柳の木があった。二人はそこに立って、舟が着くのを待っているふりをしながら小声になる。船荷に税を課す徴税官や胥吏《しょり》がいたものの、こちらに気づく気配はなかったし、水音は声をかき消すのでちょうどいい。

「玉蟬の現物は見たのか」

「いいえ……まだ検屍《けんし》の段階らしいのです。確実にそれが魯淑妃だと確定されてからの話になるでしょう。それに翡翠の一部は熔《と》けていたようです」

「翡翠は火に強い。かなりの火事だったということだな……」

「はい……すごい火でし――だったようです」

「しかしな――」

蒼君は腕を組む。

玉蟬とはどうも腑《ふ》に落ちない。

魯淑妃は仙人に生まれ変わることを望むような女だっただろうか。彼女は子を失った恨みから復讐《ふくしゅう》を思いつき、後宮を引っかき回して皇后と貴妃が共倒れするように謀った人物だ。どんなに善行を積んでも仙人になれるとは誰も思わないし、それは本人とて同じだろう。

「俺は、玉蟬ではないと思う」

「どうしてそう思うのですか」

「玉蟬は死後に仙人となって蘇《よみがえ》るための呪具《じゅぐ》だ。でも、信じられるか。あの魯淑妃が仙人になろうと思っていたなんて」

「それは……僕もおかしいと思ったんです。魯淑妃は仏教徒でしたから……」

「仙人云々より『業』の心配をした方がいい生き方をした」

そこに倉庫を見回っていた徴税官が胥吏を引き連れてやって来た。厳しい顔なのは、船主が国に申告した以上の荷を載せていたからか。剣を持った男たちに連行される者が数人いた。

蒼君は誰に顔を知られているか分からないので、徴税官たちを避けるように柳の木陰に陣取る辻《つじ》占いの前に移動する。橋が近くにあり擬宝珠が燦《きら》めいていたが、人々の足は速く、こちらに気づく者はない。

――ちょうどいい。

蒼君は冷やかしている風を装い、神の名が列記された看板を見ていたが、白髪頭を痒《かゆ》そうにしていた辻占いの男が話しかけてきた。黒い道袍《どうほう》と布の冠巾《かんきん》をつけ粗末な机の前で客を待っていて、霊験あらたかそうにも、ただの物乞《ものご》いにも見える。年は――七十か八十か――。

「そこの若いの、座って行きなさい」

小響は自分を指差し、困った顔で蒼君を見た。しかし、官吏たちがなにやら増えたので、蒼君はぐらぐらする椅子に小響を座らせ、自分は『占』の文字が書かれた看板の陰に隠れた。

とりあえず避難をしただけだったが、小響は占いに興味を覚えたようだ。瞳《ひとみ》をキラキラさせて易の道具などを見回す。ところが、「占ってしんぜよう。誕生日はいつか」と訊《たず》ねられると身じろぎしてどうしたものかと黙ってしまった。

誕生日、それをどうやら小響は言えないらしい。なにしろ、少年の容姿をしていても、考え方はしっかりしている小響だ。見た目の十五、六というわけではないだろう。

「少し、李功と話をしてくる」

「はい」

別段、用はないが一言二言警備に問題ないか、蒼君は確認してから再び辻占いの元に戻る。すると、小響は熱心に深く頷《うなず》きながら老人の言葉に耳を傾けていた。

「そなたは水の気に守られておるようだな」

「水ですか？」

小響は身を乗り出した。

――五行か。

五行とは万物を生み出す元素である、木火土金水の五つの元素を指し、この世の全てのものが、これによって成り立っているという考えである。

それぞれの元素には、青、赤、黄、白、黒という「正色《せいしき》」と呼ばれる五色があり、また色と関わりのある季節もまた春、夏、土用、秋、冬と決まっている。方角も暦も五行に則《のっと》るので、吉方や吉日がそれで決まる。

人間もしかり。誕生日でその人が持つ属性を調べ、相性占いなどをする。つまり、水の属性と火の属性の男女は、水が火を消すので合わないなどという、そういう占いなのだ。

「水は冬を象徴する。夏は体に気をつけなさい。また水は北を司《つかさど》る。家の北にある廟《びょう》をお祀《まつ》りするのを忘れずにな。大切なことじゃよ。黒い衣を着るのがいい。水の性質を生かしてくれようぞ」

「はい！」

小響の返事は元気がよかったが、それくらいなら蒼君にもできた。小響が五行思想の水の属性ならば、色なら黒を表し、守護神は玄武《げんぶ》だ。その他にも、星やら臓器やら、動物までそれぞれに合ったものが決まっている。ちなみに蒼君は木の属性で水とは相性がよかったので、それだけは気分がよかった。

「これをお守りにするとよろしい」

そして占い師が机の下から出して来たのは、案の定、玄武の置物で、もし木の属性ならば青龍《せいりゅう》が、火なら朱雀《すざく》が、土なら麒麟《きりん》が、金なら白虎《びゃっこ》の置物が「あんたにだけ特別だよ」と言って売りつけられるのだろう。

しかも、それは別段なんてことのない木製の黒い亀で、玄武でさえないように見えた。しかし、そんなものに小響は金を払おうと巾着《きんちゃく》を広げるから世間知らずだ。

「買うのか……」

「はい。縁起はなるべく担ぐことにしているんです」

「…………」

小響が欲しいと言うとは思わなかったので、少し驚きながらも蒼君は李功に金を払うように扇子で亀を指した。小響が遠慮して両手を振った。

「僕、今日はちゃんとお金を持って来てます」

「辻占いに誘ったのは俺だ。俺が払うべきだよ」

李功はすぐに銭を机に置く。多めの金に辻占いは両手を掲げて感謝したが、蒼君は早々に引き上げた。詐欺にあったような気がしたからだ。

「蒼君さま？」

歩き出すと亀の甲羅を撫《な》でながら、小響が不思議そうにこちらを見ていた。

「どうされました？」

「いや、よくそんな亀が欲しいと思ったなと」

小響が微笑んだ。

「おじいさんは生きるために精一杯やっているんです。お年なのに、ああして占いで生計を立てようとしている。立派ではありませんか。気づきました？　本を必死に読みながら教えてくれたんですよ？」

そんな風に思わなかった蒼君は、小響のものの見方に瞠目《どうもく》した。

——なるほど、そんなわけで小響は占いに熱心だったのだな。

考えれば、小響が五行を知らないはずはない。易経《えききょう》ですら学んだことがあるような勉強家なのだから。

「俺はまだまだだな。そこまで気づかなかった」

小響が苦笑する。

「僕にできるのは老人の今晩の夕食を救うことです。でも、国に仕える蒼君さまがされようとしているのは、万という民を救うことでしょう？」

「それでも一人が見えなくてどうして万の民が見えるんだ？」

蒼君には志があった。父である皇帝の政を補佐し、この国が安寧で豊かであり続けるようにしたいという志だ――。

だから、深夜に皇帝に呼ばれてもすぐに登城できるように衣を着たまま寝ているし、なにを問われても答えられるように各署の資料は事前に目を通している。洪水がどこで起こり、何人が死に、何人の流民がどこにいるかまでしっかりと答えることもできる。

しかし、それでは他の官吏たちとなにも変わらない。庶民の視線で物事を見なければ、数で民を把握するただの能吏でしかない。

小響には言えない思いを背負って蒼君はあたりを見回した。

同じ光景を見ているはずなのに、大切なことを蒼君は見ていなかったと深く反省した。人足もいれば、天秤棒《てんびんぼう》を担いだ野菜売りもいる。水売りもいれば、物乞いもいる。辻占いは確かにその多くの中の一人だが、小響は老人の苦境を見破った。

「どうも、俺は国への忠義がたりないようだ」

小響は微笑んだ。すらりとした背に両腕を回し、紅もつけないのに赤い唇が、双眸《そうぼう》とともに蒼君の前にあった。やさしく頬を緩ませた彼女の顔は、彼が民のすべてをこんな風にしたいと思うような穏やかで落ち着いたものだった。

「まぁ、あまり難しく考える必要はないのではありませんか」

「そうだな。そのうち見えてくるかもしれない」

蒼君は辻売りの菓子屋から干したサンザシを一袋、受け取ると小響に手渡した。

4

「若さま方ではありませんか」

小響が一口、サンザシを頬張った時、後ろから声をかけられた。

振り向けば、ならず者の親分の尉遅力《うっちりき》である。相変わらず、異邦人らしい総髪で、細い三編みをいくつか耳元に垂らしていた。焼けた顔に銀の耳飾りを片方だけして、革の鎧《よろい》を着ている。長身なので小響と並ぶと見上げるほどだ。無精髭《ぶしょうひげ》が少し生えていたが、それさえもなかなか男前に見えるから不思議だ。

「これはお久しぶりです。尉遅力さん」

小響が拱手《きょうしゅ》した。

「若さまたちもお元気そうで」

小響がサンザシを片手に、夏の陽射しを浴びた笑顔を尉遅力に向けた。

「小響です。こちらは蒼君さま」

名乗っていなかったのを思い出したのだろう、蒼君は扇子を開くと頷いて見せた。尉遅力はきびきびとした軍礼を蒼君にし、小響には気さくな笑みを返した。

「今日はどうしたのですか」

小響が不思議そうに問うたのは、尉遅力が弓を五張りほど背負っていたからだ。後ろを見れば、三人の部下が矢が入った筒をいくつも持っている。どれも新しいもので、上等な弓矢だった。小響が小声になる。

「なにに使うのですか。もしかして、どこかを襲撃するのですか？」

「まさか。黒虎王《こくこおう》の一味は捕まりましたからね。喧嘩《けんか》する相手ももういませんよ。これから賭《か》け矢をするんです」

「賭け矢？」

「弓の腕を競う催しです。腕自慢が集まり、皆が誰に賭けるか決める。賞金もなかなかなので、若さま——小響さまもいかがですか。金梁橋《きんりようきよう》のたもとでやるんですが」

小響はにこりとする。

「それは面白そうです。ぜひ参加させてください。これでも弓には自信があるんです」

小響が蒼君を振り返った。

「蒼君さまもやられるでしょう？」

「いや、俺は観客になるよ。小響に賭けなければならないからね」

小響は満足そうに頷《うなず》くと、歩き出した尉遅力の横を行く。ごろつきのようなことばかりしていないで、辺境で校尉でもしていた方が尉遅力には似合いそうだと、その後ろ姿に蒼君は思う。しっかりとした肩や腰で武術の腕前がかなりのものだと分かるし、六尺以上ある背丈は武人に向いている。

「最近はどうされていたんですか」

小響が近況を訊《たず》ねた。

「黒虎王がいなくなって李《り》一家も消え、街は平和そのものですよ」

少し得意げに尉遅力が言うのは、その縄張りを自分のものにしたからだろう。

「今は鏢師《ひょうし》をやっているんですよ」

「鏢師ってなんです？」

裏世界のことに詳しくない小響が訊ねた。

「用心棒のことだ」

蒼君が後ろから言うと、尉遅力が振り返りながら頷き、小響に優しい眼差《まなざ》しを向けた。

「荷を運ぶ護衛をしたり、頼まれればお屋敷や店の蔵の警備をしたりするのが仕事です」

「もうならず者ではないのですね。でも賭場《とば》はどうなったんですか」

小響は好奇心一杯だ。

「黒虎王がやっていた賭博場《とばく》の多くが閉まりましたので、新しい賭場はこの尉遲力が引き継いでますよ」

少し誇らしげに尉遲力は言った。あくどいことをやっていないか、蒼君は訊ねる気にもなれなかったが、この竹を割ったような性格だ。それほどではないだろう。

「ますますのご出世、おめでとうございます」

小響が拱手すると、にこにこと屈託なく尉遲力は礼を返した。すぐに人と仲良くなれるところは小響の良いところであるが、本当は丞相《じょうしょう》家の令嬢である。鏢師などと親しくするのは良くないのではないか。

蒼君は小響と尉遲力の間に割って入った。

「そういえば——そなたは麗京にいつ流れついたんだ？　異民族で大変だったと思うのに、今や麗京の裏世界の頭と言っていい立場だ」

問い詰めるような口調だっただろうか。民を大切にするなどと、先ほど小響と話したところなのに、尉遲力と小響が和やかに話しているのを聞くと口調が厳しくなってしまう。

尉遲力は首の後ろを掻《か》いた。

「母親がこの国の人だったもので、戦乱の時こちらに逃げてきたんですよ。十五の時です。母親が病気になりましてね、まっとうな仕事をしている場合じゃなかった。悪いことはなんでもしましたがね、殺しだけはしていませんよ」

そして一人、二人と仲間ができ、いまや数百人の部下を抱える親分となったという。道を歩いていれば、商店の主《あるじ》も頭を下げるし、面倒くさそうに座り込んで椀《わん》を片手にしている物乞《ものご》いさえ、尉遅力を見れば立ち上がり丁寧に拱手した。

「人に慕われるコツってあるんですか」

小響が問う。

少し気恥ずかしそうに尉遅力が答えた。

「さあ……コツといいますか、信念といいますかね、自分の利益ではなく、人の利益を先に考えることでしょうか。金は後から回ってくるもんです」

「ご立派ですね」

小響と尉遅力に挟まれて、そんなやりとりをされると蒼君は面白くはなかった。相手はならず者で違法なことに手を染めているのは明らか。しかし——男としてはなかなか筋が通っていて魅力のある人物であるのは否定できないので、思わず口をつぐんでしまう。

「ああ、もう人が集まっていますね！」

麗河《れいか》にかかる虹橋《こうきょう》である金梁橋のたもとに来ると既に人垣ができていて、矢を並べる台と的が設《しつら》えられていた。

見物人は麻衣の庶民もいるが、金ぴかの絹の衣を着た商人もいて様々だ。男の方が少し人数が多いものの、女も小銭を手に握り締めているから多種多様な者たちがこの遊びに参加するらしい。物乞いさえも銅銭一枚賭けている。

そしてよく見れば、その群衆の中に剣を帯びた麗京府（警察及び裁判所）の小役人も数人いたが、袖《そで》の下をもらっているのか、ただの見物人の一人となっていて、輪になって談笑していた。射手たちを値踏みしているようだ。

「さあ、さあ、参加される方はいらっしゃいませんか。いらっしゃいませんか」

小響が慌てて誰よりも先に手を上げた。

「はい！　やりたいです！」

ひ弱そうだと侮ったのか、一人の髭面の男が前に出た。短軀《たんく》でどっぷりと太った男だ。街に獲物を売りに山から出て来た猟師のようだった。古びた小剣を台の上にどんと置き、小響を威嚇するが、そんなことに小響はびくともせず、彼女は弓の張り具合を確かめている。

「さあ、賭けた、賭けた！　若さまと猟師だ。どっちが勝つか、賭けた賭けた！」

しかし、いくら呼んでも誰も小響に賭ける者はいなかった。これでは賭けにならないと危惧《きぐ》したのか、尉遅力が数人に目配せした。サクラも何人か交じっているらしい。

蒼君は李功に交子《こうし》（紙幣）を気前よく出させた。小響の腕前は見たことがなくても想像できる。武術でさえ、あれほどの腕だ。最近、練習に励んでいると言っていたから弓が下手なはずはないし、箸《はし》を持つ手にタコができていたのを蒼君は見逃してはいなかった。

「さて、どちらから始めますか」

「わしだ！」

猟師の男が得意げに自分の弓を取り出すと、矢をつがえた。風が少し吹いた。それを甘く見たのか、赤い点からわずかに外れて、周囲が「ああああ」という落胆の声を出す。それが猟師を苛立《いらだ》たせたようで、「くそっ」という言葉と共に唾《つば》を地面に吐いた。

そして次は小響の番だ。矢を弓につがえると、別段、風が止むのを待つでもなくすぐにぱっと射た。すると、パシン！と気持ちのいい音を立て赤い丸の中心を射貫いた。

「お見事！」

小響に賭けた少数の者たちが大きく拍手する。そして三本矢を続けて放って、三本とも中心を射ると、小響は飛び上がって喜び、高々と弓を天に掲げて見せる。

それに比べ、猟師の男は二本はずした。腕が悪いというよりも周囲のヤジが気に障ったのだろう。

小響は弓を置くと駆け足で戻ってきて、嬉《うれ》しそうに唇をほころばせると蒼君に言った。

「蒼君さまもいかがですか。僕も蒼君さまに有り金を賭けますよ？」

「いや、小響のおかげでだいぶ儲《もう》けさせてもらったから止めておこう。こういう賭け事は引き際が肝心だからな」

「なるほど、そうですね！」

李功が革袋二つに入った賞金と賭けの配当を受け取った。行き先のない、老人たちの住む寺などに寄進すればいい。どうせ悪銭は身につかないのだから。

「さあ、行こうか」

「はい」

見れば、尉遅力は金の勘定に忙しそうにしている。挨拶《あいさつ》はまた今度でいいだろう。しかし、蒼君の足が止まった。

次の射手が取り出した弓が少し変わっていたからだ。見ていると左利きらしい。髷《まげ》を結った三十半ばから後半くらいの男で髭《ひげ》を綺麗《きれい》に剃《そ》ってあった。身ぎれいだが、木綿の衣を着、供を一人連れていたから、中級貴族だろうか——身分は推し量れなかった。蒼君は背を向けた。

矢が放たれて、的を射る音がした。

「よしっ！　いいぞ！」

歓声が上がったから、男が見事に矢を射たのだろう。

「行きましょう、蒼君さま」

「ああ」

蒼君は小響に促されて歩き出したものの、なんとなしにもう一度、振り返った。しかし、観衆に遮られて男の顔を見ることはできなかった。

「そろそろ検屍《けんし》の結果が出る頃です。話を聞きに行ってみます」小響が言う。

「助かる。主から今回の火事の件の調査を依頼されている。子細が分かったらすぐに教えてくれ」

「はい。旗を変えるので、酒楼に未《ひつじ》の刻に来てください。あと、文を忘れずにお届けくださいね」

「むろんだ」

蒼君は己のなすべきことを思い出し、懐の中の文をもう一度確認した。

5

夕刻──。

「皇太后さまに拝謁いたします」

芙蓉が蒼君と別れたその足で慶寿殿に行くと、皇太后は茶色の絹の衣に紺の裙《スカート》を着て書物を読んでいた。鼎《かなえ》の香炉から白檀《びゃくだん》の香りがし、卓には異国の螺鈿《らでん》の鏡箱があった。壁には麒麟《きりん》が描かれた屏風《びょうぶ》がある。静かで落ち着いた設えだ。

「戻ったか、芙蓉」

皇太后は顔を上げて、拝跪《はいき》する芙蓉に目を細めた。

「はい」

皇太后は疲れた顔をしていた。朝から火事の始末で忙しかったのだろう。芙蓉は、すっと立ち上がると、皇太后の背に回った。

「肩をお揉《も》みしますね」

「よく気が利くことだ」

皇太后は卓に書物を置き、「もっと強く揉め」などと言う。嬉しいのが声でわかった。

「やはり、宝文閣の火事はただの火事ではなかったようだ」

「と、いいますと？」

「火事はわたくしたちが竜舟《ドラゴンボート》を見ていた頃に起こった」

「はい」

芙蓉は頷《うなず》く。たしか巳《み》の刻（午前十時頃）になったばかりの頃だ。芙蓉は鐘楼の鐘の音を皇宮に向かう時に聞いて焦ったから、それより少し後のこととなる。

「火元は魯淑妃の寝所であった。油が撒《ま》かれたのではないかという見立てじゃ」

「殺されたということですか」

噂では魯淑妃の容態はかなり悪いということだったのに、なぜわざわざ殺す必要があったのだろうか――。

「殺す必要なんてなんにもないじゃないですか」

「殺されたとまでは言っておらぬ。『ただの火事ではなかったようだ』と言った」

「でも――魯淑妃が、生きていることが不安でならない者たちがいるんじゃないですか」

魯淑妃が黒虎王に関して知っていることは一つや二つではないはずで、罪が暴かれずに済んだ者たちは、魯淑妃が生きている限り、枕を高くして眠れなかったに違いない。

なにか証言でもされたらたまらないと殺しても不思議ではなかった。

「皇太后さま、火事の現場を見に行ってもいいですか」

「うむ……」

皇太后は乗り気ではないようだ。芙蓉は熱心に肩を揉む。

「なにか気づくことがあるかもしれませんし、皇太后さまだって気になっていらっしゃるでしょう?」

「……まぁ、確かに報告は随時されるが、わたくしが直《じか》に見ることはできぬ。そなたは洞察力もあるから何か気づくかもしれぬな」

「はい!」

「あまり大事にするなよ」

「心得ております!」

芙蓉はぱっと手を皇太后の肩から離すと、頭を下げただけで、慶寿殿から走り去った。劉公公が慌てて追いかける。

そして慶寿殿の長い階段を下りて左右を見回した。

宝文閣は慶寿殿の北西にある。後宮の隅にあるので、西日は高い塀に隠れてしまう。日暮れより先について現場を見たかった。芙蓉は小走りに後宮を歩き、皇后の宮殿、坤《こん》寧殿《ねいでん》の前を通らずにぐるりと遠回りして宝文閣へと向かうことにした。

「酷《ひど》い有様……」

現場の近くに行くと、まだ火事の後の臭いがして、芙蓉は足取りを緩めた。警備の武官や宦官《かんがん》たちが現場を囲み、人が入らないように紐《ひも》がめぐらされている。

「中を見せてください」

芙蓉は開口一番、侍衛の一人に声をかけた。

「誰も立ち入らぬようにとの皇后さまのご命令です」

女官の一人とでも思ったのか、侍衛はしっしとばかりに横柄に答えた。

すると、ようやく追いついた劉公公がくいっと曲がった背を正して、不機嫌にいった。

「皇太后さまのご許可は得ている」

「そ、それならば……異存はご、ございません」

皇太后の命となれば、譲らないわけにはいかない。そして後宮で劉公公に逆らえる者などいないことを芙蓉は思い出す。急に態度を改めた侍衛は深く頭《こうべ》を垂れた。

芙蓉は焦っている侍衛たちなどどうでもよく、魔除《まよ》けのお札がついた紐を潜って現場に入った。建物は基壇のみが残っており、柱は倒れ、梁《はり》は崩れていた。しかし、部屋の設《しつら》えはなんとなく分かった。

入ってすぐ中央に「宝座」と呼ばれる、妃嬪《ひひん》たちが下の者に会うための肘掛《ひじか》け椅子があったのだろう、一段高くなっている。形は崩れていたが背もたれと脚が原形をとどめていた。

そして芙蓉は左に曲がった。そこが火元である寝所のようだ。案の定、こちらの方は燃え方が激しくほとんどが灰だ。もちろん、屋根もない。柱が数本残っているだけだ。

芙蓉は膝《ひざ》を曲げて、割れた青磁の欠片《かけら》を拾った。青く美しい色をしていたはずのそれは、もはや元の色をしてはいなかった。

「焼け残ったものは？」

「とくには」

責任者と思われる侍衛の言葉は少なめだ。捜査の主導権を皇太后と争っている皇后に遠慮しているのだろうか。ただ、魯淑妃の靴につけられていたかもしれない銀の鈴が一つ、寂しげに落ちていた。拾えば、ちりりとまだ音が鳴った。

「……火元はここで間違いないのですか？」

「はい。こちらに魯淑妃さまのご遺体がありました。牀《ベッド》の上だったかと存じます」

芙蓉はその前に立ってみた。そして想像してみる。火事が起こった時、彼女は寝ていたのだろうか？　それとも逃げることさえできずに時を待ったのだろうか。煙のせいで呼吸ができなくなった可能性もある――。

すると、焼け落ちる前の部屋が脳裏に浮かんだ。

暗い冷宮の部屋だ。窓は開けることが許されていなかったはず。

室内を飾るものなどさほどなかっただろう。あったとしても小さな花瓶が一つ、卓の上にあり、庭の花が活《い》けられていた程度だろう――。黒漆でまとめられた調度はどことなく陰気で、もしかしたら五月五日だったから不気味な鍾馗《しょうき》の絵が壁に飾ってあったたかもしれない。しかし焼けてしまった今となっては、青銅の尿瓶《しびん》と鏡がまだ床に転がっているだけだ。

「油が撒かれていたと聞きました」

「はい。しかし、灯《あか》り用の油などではなく、なぜそのようなものがあったのか……」

侍衛は困惑を隠さない。

油などの持ち込みは制限されていたという。また寒い時季もほとんど炭も供給されなかったし、火気には十分に気を遣っていたのだと侍衛は弁明した。芙蓉は腕を組んで辺りを見回す。ここは女人の寝所。香は嗜好《しこう》品で冷宮に配給されていたとは思えないから、それが原因ではないだろう。

――燭台《しょくだい》が倒れて火がついた？

芙蓉は首を横に振る。冷宮では蠟燭《ろうそく》も貴重品だったはずだ。普通に考えれば、部屋が薄暗かったとしても、日が昇ってからも燭台を使っていたとは思えない。やはり不審火としか芙蓉には考えられなかった。

――蠟さえも貴重な冷宮で油はどうやって持ち込まれたの？　警備はかなり厳しかったはずなのに。とくに皇后さまが厳戒態勢をお命じになってからは、他の妃嬪たちさえ文句を言うほどだった……。

芙蓉は髪を人差し指でくるくると弄《もてあそ》び、少し考える。そして蓮蓮が今朝、芙蓉の髪がつやつやに見えるように櫛《くし》にたっぷりと椿油を塗って梳《と》かしてくれたことを思い出してべたつく指先を見た。

——そうだ。椿油があるじゃない！

椿油なら冷宮に移された時に持ち込めたかもしれない。その後に買い足せなくても、使わなければあったはずだ。芙蓉は先ほど拾った青磁の破片を再び手にする。鼻に持っていくと微《かす》かによい香りがした。

——皇太后さまに言わなきゃ！

「劉公公」

そこに小走りに若い宦官が現れた。劉公公の耳元でこっそりとなにかを囁《ささや》く。

「どうかされましたか」

「検屍《けんし》が終わったようです」

「なら話を聞かないとですね」

芙蓉はもと来た道を再びすたすたと歩き出した。

辺りが薄暗くなる中、芙蓉が慶寿殿に向かうと検屍をしたと思われる太医とすれちがうところだった。八位くらいの下級の医者なのだろう。神妙な顔で頭を下げて、慣れない様子で階段を下って行った。

「皇太后さま！」

挨拶《あいさつ》もそこそこに芙蓉が御前に出ると、女官たちが部屋に灯りを点《とも》しており、なにやら盆の上にある。

「これは……」

「魯淑妃の口の中にあったものだ」

芙蓉は盆の前に立った。

綺麗《きれい》に洗われてあるそれは、少し黒ずんではいるが、翡翠《ひすい》の飾りであることが分かった。

芙蓉は躊躇《ちゅうちょ》なく手に取ってみた。

――蟬？

玉蟬は蟬の形をしていると皇太后は言っていたが、これには尾のようなものがあった。燭台の横に移動して見れば、どうやら四本脚の獣のようだ。獣の置物を真ん中ですぱっと切り割ったかのように片面は平たく、もう片面は丸みを帯びている。

「なんであろうか……」

芙蓉は皇太后に答えずにそれを撫《な》でた。すると、平たい方の面に六角形の小さな穴が開いているのがわかった。火事でできたものではない。細工として作られたもののようだ。

「なんでしょう……」

翡翠は火に強いとはいえ、一部が熔《と》けているので容易に判別はつかないが、玉蟬でないのは確かだ。芙蓉は燭台の灯りに寄せて見た。

かった。

「虎？」

それが白虎であるか、普通の虎であるかは分からない。しかし、他の動物には見えな
――虎……。

芙蓉は黒虎王のことを思い出し、その印が似た形だったような気がすると身震いした。

――そんなはずはない。第一皇子は流罪になったじゃない……。

「どう思うか、芙蓉？」

「……玉蟬でないのは確かです。蒼君さまもおっしゃっていました。魯淑妃は仙人に生
まれ変わるために玉蟬を口に入れて死ぬような女人ではないと」

「それは確かにその通りじゃな」

芙蓉は自分の見解を述べる。

「火事の原因は椿油ではないかとわたしは思うんです。鏡が寝室に落ちていたので、化
粧道具はそこにあったはずです」

「うむ……確かにそうかもしれぬ」

皇太后は部屋の隅にある銅鏡の方を見た。ここにも椿油が入っていると思われる小瓶
が並んでいた。女の部屋なら誰の部屋にも置いてある。

「そなたはなかなかいい勘をしているな」

「お褒めにあずかり恐縮です、皇太后さま」

芙蓉はお辞儀してみせる。しかし、そこに南太儀の訪《おとな》いが告げられた。皇太后は芙蓉に向けるのとは違う威厳に満ちた顔になった。

「皇太后さま、ご機嫌麗しゅう」

若い南太儀は女官だったこともあり、文句のつけようのないお辞儀をして挨拶をした。華やかさには欠けるが美しい人だ。黒髪は艶《つや》やかで簪《かんざし》は控えめ。衣の色も若草色で初夏らしく、重ねた襟と帯が白いので、どこか蓮花《れんか》を思い出させる。だから、この濁世の凝縮のような後宮で一人、汚れのない人に見えた。

「南太儀さまに拝謁いたします」

芙蓉は頭を下げた。

「竜舟《ドラゴンボート》は残念だったな。途中で止めなければそなたが勝っていただろうに」

皇太后が言うと、南太儀はまつげを下げた。

「とんでもないことです。火事の方が大事です」

「今日はいかがした？」

「実は、兄が校尉となり、後宮の侍衛を任されることになりました。本来ならこちらに自らご挨拶をと思っておりましたが、この火事です。わたくしが代わりまして皇太后さまにご報告に参った次第でございます」

「うむ」

南太儀の兄といえば、武科で一位になったという武術の達人。兵法にも詳しいはずだから、皇宮勤務は出世の早道だろう。しかも、後宮の責任者ともなれば皇帝の覚えもめでたくなる。

「おめでとうございます、南太儀さま」

「ありがとうございます、芙蓉嬢。あとは、兄の婚姻相手を探すだけですわ」

ちらりと芙蓉を見てから、にこりと南太儀は皇太后に告げた。皇太后はその言葉が不快だったのか、肘掛《ひじか》けを指でコッコッと叩《たた》いた。

「そなたの兄は出世するだろう。果ては大将軍か――。重責を担うことは間違いないであろう」

「そうなればよろしいのですが……」

恐縮しつつ、南太儀は嬉《うれ》しそうに口元をほころばす。

「しかし、よい相手はわたくしも思いつかぬな。芙蓉には既にめぼしい婚姻相手がいるからのぉ」

皇太后は残念そうに言ったが、思いもよらない言葉に芙蓉は驚いた。

――目星がついているですって?!

そんな話は寝耳に水だ。誰も何も言わなかった。ここだけの断り文句なのか、それとも事実なのか、芙蓉は問いただしたい気持ちを堪《こら》えた。しかし、そこに大急ぎで、皇后付きの宦官《かんがん》が現れた。

「恐れながら、皇后さまが芙蓉さまをお召しでございます」

芙蓉は皇太后の顔を仰ぎ見た。

6

「そなたはなにを自分がしたか、わかっているのか！」

皇后は芙蓉が挨拶するのも待たずに、開口一番、そう怒鳴った。芙蓉は慌てて跪《ひざまず》く。

皇后は宝座に座り、高いところから芙蓉を見下ろし何度も指差した。

「いったいどういうことでございますか。なんのお話ですか」

「しらじらしい。分かっていてそのようなことを言うのか！」

「分からないのでお聞きいたしております。一体、わたしはなにをしたのでしょうか」

芙蓉が懸命に言ったから――というより、劉公公が同席していたからだろう。皇后は自分付きの女官からの目配せで少し声の色を変えた。

「例の宮人じゃ」

「宮人？」

「そなたが翰林《かんりん》医官院に治療するように命じた冷宮の宮人じゃ」

「その者がなにか？」

芙蓉にはなにがなんだか分からなかった。怪我の治療を命じたことに問題があるのか。皇太后にも報告済みであるし、貴重な証言者だ。治療を命じてどこが悪いのだろうか。

「逃げたのじゃ」

「逃げた？　どういうことですか」

「皇宮の外に逃げた。そなたの轎《かご》に乗ってな！」

芙蓉は驚きのあまり、口を開けたまま思わず皇后を直視してしまった。彼女はその無礼にさらに腹を立てたようだ。

「逃亡に手を貸したのであろう！」

芙蓉は跪いたまま拱手《きょうしゅ》して必死に言った。

「わたしがなぜ宮人の逃亡に手を貸す必要がありますか」

「それは――」

「魯淑妃とも生前、親しくしていたわけでもありません。それなのに、面識のない宮人を助ける必要などないではありませんか」

皇后は短慮なところがあり、なんでも決めつけがちだ。芙蓉の轎が逃亡に使われたと聞いてすぐに彼女が手助けしたと判断し、呼び出した。だが、こうしてもっともなことを言われれば反論できない。かと言って、自分の非を認めるような性格ではなかった。

「だからと言ってそなたの轎が使われたのは事実。内通者がいたのではないか」

「轎を担ぐ人足はいつも俯《うつむ》いていてわたしの顔を見ません。間違えた可能性があります」

「そうは思わぬな。そなたは冷宮の火事に関わりがあり、宮人を助けた。そうではないか」

「火事を起こす理由がわたしにはありません」

「こやつ、笞刑《ちけい》にでもしないと分からないらしい」

芙蓉はひやりとしたが、劉公公が少し視線を上げた。皇后はわずかに怯《ひる》んだ。皇太后の威光であり、宦官勢力の強さの表れでもあったからだ。

「皇后さま、機会をお与えくださいませ。自分の身の潔白を証明させてくださいませ」

芙蓉は必死に頼んだ。

皇太后に迷惑をかけるわけにはいかなかった。火事の件は皇太后と皇后とで分担して処理しているように見えても、本当のところは勢力の対立がないわけではなかったからだ。芙蓉は額《ぬか》ずいた。

そして芙蓉は視線を背に感じた。皇后は芙蓉のこのような平身低頭な姿を見てきっと満足しているはずである。皇太后の鼻を明かしてやったと感じるからだ。案の定、「立て」と許しの声がし、太った体を椅子の背にもたせると、勝ち誇ったように言った。

「では、そなたの言うように身の潔白を証明する機会を与えることとしよう」

「ありがとうございます、皇后さま！」

「しかし、十日だ。宮人が逃げたのはそなたの落ち度である。十日以内に証明しなければ、そなたが皇太后の親族であっても許しはしない。後宮の掟《おきて》は誰であっても曲げられないものじゃ。笞刑二十回を覚悟せよ」

「はい……皇后さま……」

劉公がなにか言おうとしたが、芙蓉は目で制した。もめるのは良くないし、どうせ皇后はこれ以上の譲歩をしないだろう。

「あと冷宮を警護していた侍衛などはすべて尋問する。そなたの関与が明らかにならぬことを祈るのだな」

「そんなことにはなりません」

「ならば下がれ」

「御意」

皇后は椅子から降りると、顎《あご》を上げて悠々と芙蓉の前を去って行った。

「芙蓉さま……」

劉公の手を借りて芙蓉がようやく立ち上がった時には、すでに皇后の気配すらなかった。坤寧殿の女官宮人たちは冷たく芙蓉を見送ったが、芙蓉は表情を崩さなかった。皇后の態度などより、よっぽど輀が行方不明であることの方が心配だったからだ。

「一体、どういうことなの？」

「お調べいたします」

劉公が芙蓉の腕を支えながら言った。

「わたしの輀を使うなんて……なんで……」

芙蓉は宮殿の外の大きな夜空を見上げた。煌々《こうこう》と灯《とも》りが点《あか》されているこの皇宮から望むと、自分はなんとちっぽけな存在かと思い知らされる。闇色の雲がどこに行くのか、ぽつんと一つ浮かんでいて、風の気まぐれに流れて行くのを見送れば、心細くなったし、皇后の理不尽さには吐息さえ出た。

——正直、辛い。けど、この状況をなんとかしなきゃ。

こんなところで立ち止まっているのは自分らしくないし、皇太后や蒼君のためにもならない。

——なんとかして、宮人を捕まえないと。

芙蓉はこの苦境を打開すべく、拳《こぶし》を握った。


翌日から芙蓉は調査を開始した。

宮人の名前は冉茗児。年は二十歳。芙蓉と似た背恰好《せかっこう》のようだ。衣は焼けていたので翰林医官院の役人からその娘のものを借りたという。

魯淑妃に仕えたのは三年前からで、それ以前は、尚服や尚食で宮人をしていた。芙蓉は仲の良かった者を探すように頼んだ。

まず向かったのは尚食だ。張李果《ちょうりか》という者が親しかったらしい。

建物に着く前にそこが尚食であることが分かった。尚食は皇帝や妃嬪《ひひん》の食事を司《つかさど》る台所兼役所である。冷宮の火事があったせいだろう。防火用の大きな青銅の瓶《かめ》が塀の脇に整然と並べられていて、足りない水を宦官が足していた。

「あちらです」

劉公がつけてくれた女官が門を手のひらで指した。天秤籠《てんびんかご》に野菜を詰めた宮人や薪《まき》を運ぶ宦官で門前さえも大忙しだ。

「忙しそうな場所ですね」

「既に昼食の準備にてんやわんやなのでございましょう」

中年の女官は申し訳なさそうにした。

「とりあえず、見てみましょうか」

門を潜ると、焚《た》きつけが山のように積まれており、その横に籠に入った野菜があった。宦官がちょうど、大きな包丁で鶏の頭を斬り落とすところだったので、女官が芙蓉を背に隠したが、気味の悪い音が響いた。

「責任者はおらぬのか」

女官が厳しい声を出すと、忙しそうに立ち回っていた宮人たちが一斉に立ち止まってこちらを見た。貴人だと分かるとお辞儀して手を止める。

「ご挨拶《あいさつ》申し上げます」

「よい。仕事を続けよ」

慌てて出てきた責任者とおぼしき女官は麺《めん》でも打っていたのか、粉で頬を汚していて、手を拭《ふ》きながら現れた。

「訊《たず》ねたいことがあって慶寿殿より来ました。張李果という宮人はいますか」

「なにか粗相をいたしましたか」

「いいえ。ただ聞きたいことがあるだけです」

芙蓉が張李果を探していると聞くと、女官は少し戸惑った様子だったが、どうぞとすぐに中に招き入れてくれた。

厨房《ちゅうぼう》はとても清潔な場所だった。規則正しく並んだ竈《へっつい》に大鍋《おおなべ》がかけられ、牛肉とおぼしき固まりが放り込まれたところで、調理担当の女官によって手際よくかき回されている。宮人たちが薪《まき》を焼《く》べ、竹筒で火力を調節しながら調理をする。それを監督、監視するのは宦官《かんがん》たちで、一点の間違いもないように目を鋭くしていた。

——後宮の厨房には初めて入った。こうやって豪華な料理が作られるのね。

芙蓉は好奇心旺盛《おうせい》にあたりを見回した。

天井からは籠が掛けられ、調味料の瓶が置いてあった。壁の棚には竈《かまど》の神が祀《まつ》られているが、黒くすすけている。

まな板で野菜を切るシャキシャキと小気味よい音がして、蒸籠《せいろう》の蓋《ふた》が開かれると、わっと湯気が上がって餅《パン》のいい匂いが芙蓉の食欲を刺激した。

「こちらです」

忙《せわ》しない狭い通路を通り抜けると建物の裏に出た。数人の宮人が皿を洗っていて、その手は冷たい水で可哀想なことにあかぎれができている。

「李果」

呼ばれた宮人は後ろを振り返ると慌てて立ち上がる。手を拭き、膝《ひざ》を曲げてお辞儀をすれば、まるで地獄の沙汰《さた》でも待つように震え上がった。ここの仕事はかなり厳しいらしい。

「こちらの方々がお前に聞きたいことがあるとおっしゃっている」

ちらりと李果が顔を上げた。知らない顔であると分かると、なお困惑を表す。皿を欠けさせたなどという些細《ささい》なことにも、ここでは重い罰がありそうだ。

「少し、あちらに行きましょう」

芙蓉は建物の隅、防火用の水瓶の陰に李果を誘った。彼女は小さく縮こまりながらついてきて、なにを聞かれるのか恐々としていたが、話が茗児のことだと知ると首を必死に横に振った。

「なにも存じません」

「なにもということはないでしょう？　親しくしていたことは分かっているわ」

茗児が皇宮から脱走したことを知るとさらに顔を青くして、首を振った。

「本当です。なにも知りません。確かに、尚食にいた時は茗児と同室で仲良くしていましたけど、魯淑妃さまに気に入られて、そちらに移ってからは立場が変わって、茗児は以前のように接してはくれなくなりましたから」

「それでもやりとりはあったでしょう？　誰か、脱走を手伝うような者を知らない？」

芙蓉はさらに訊ねた。

気の毒な宮人は茗児の逃亡を助けたと疑われているのだと勘違いしたらしい。芙蓉の前に跪《ひざまず》いた。

「私はなにもしておりません。本当です。お信じください。それに第一皇子さまの事件以来、後宮の警備は皇后さまによって厳しくなりました。茗児も冷宮に移ったので、文のやりとりもできようはずもありません」

――確かにそれはそう。冷宮と外の世界のやりとりは厳しく検閲されていたはず。宮人が文を友達に送るなんて不可能だったと言っていい……。

芙蓉は彼女の前に片膝をついて視線を向けた。

「茗児はここであなたと同じ仕事をしていたの？　それとも官位は上だったの？」

「同じ仕事をしていました。だいたい……お皿を洗ったり、豆の皮をむいたり……まだ包丁を持たせて貰《もら》える立場にいませんでした」

「他に親しくしていた人を知らない？」

「茗児は尚服にもおりました。そこで親しい宮人がいて文のやりとりをしていました」

手がかりは一つ増えたが、疑問はさらに増し、芙蓉は尚服に向かうことにした。

「ここが尚服でございます」

案内された建物は後宮の北東にある。建物の中が静まり返っているのは、刺繍《ししゅう》をしたり縫い物をしたりするのに集中力が必要だからだろう。尚食の賑《にぎ》わいが嘘のようにしんとして無駄口を叩《たた》く者は一人もいなかった。

しかし、話はそこでも同じだった。つまり、冉茗児なる宮人は洗濯係で、親しくしていたという宮人も、井戸の前でひたすら妃嬪の衣のシミを落とすような者だったのだ。

──どうして茗児は魯淑妃付きになったのかしら……。

道ですれ違った時に魯淑妃に気に入られて──というのが出世話の顚末《てんまつ》らしいが、あまりに不自然だ。底辺の宮人がある日突然、妃嬪の中でも高位だった魯淑妃付きの宮人になり、火事で生き残った末に、皇宮から逃げ出した──。

──轎《かご》を捜す必要があるようね……。

轎はどこかに乗り捨てられているかもしれない。人足たちが無事であることを祈るばかりだ。すでに、皇太后が調査させているが、芙蓉もまた街に出ることにした。

「お嬢さま、もうしわけありません……お手洗いのために轎から離れた隙にこんなことになって……」

東華門《とうかもん》に行くと責任を感じていた蓮蓮が跪いて詫《わ》びる。気の毒にも一晩、皇后に捕まって尋問されていたらしい。芙蓉は慌てて彼女を立たせると、ひっくひっくと泣き出した姉妹のような人の背を撫《な》でてやった。

「大丈夫よ。問題ないから。それより轎と人足を捜さないと。皇太后さまから護衛の宦官をお借りしてきたから安心して」

芙蓉は後ろに四人の武術に優れた宦官が平服でいるのを見せた。蓮蓮は少し勇気づけられたのか、門の南を指差した。

「門番が言うには左に曲がったとのことです。お屋敷はまっすぐ先ですから、不思議に思ったとのことでした」

「左……外城に行ったのかしら」

「もう薄暗い時分でした。轎の担ぎ手たちもそれで気づかなかったんだと思います」

麗京には三つの城壁がある。一つ目は皇宮にめぐるもの。二つ目は内城と呼ばれる中心街にあるもの。三番目が外城といい、この辺りになると少し街は閑散とするが、その城壁を越えれば、もう都ではなく葦《あし》が生えるような寂しい農村部になる。

轎が左方向に曲がって北に向かったのなら、そこには馬行街という繁華街があり、五《ご》丈河《じょうが》にかかる大きな梁院橋《りょういんきょう》がある。そこから舟に乗ってしまえば、あっという間に内城を通り越して外城へと出られてしまうのだ。

――でも……大火傷《やけど》を負った茗児がそこまで一人で逃げられるかしら？　それに宮人は田舎から連れれて来られて、幼い頃から後宮で暮らすもの。街には詳しくないはず……。

芙蓉は用意された馬に跨《また》がった。蓮蓮が不安そうにする。

「蓮蓮は屋敷に行って、家の者にわたしの轎を捜させてくれる？」

「は、はい」

「夕方までに戻るから」

芙蓉は馬の尻《しり》に鞭《むち》を入れると、護衛の者たちとともに東華門を北へと曲がった。しかし、すぐに異変に気づく。五丈河沿いの道を馬で走って恵明寺の近くに行った時だ。手綱を引いて下馬すれば、麗京府の武官たちがなにやら検分していた。

「医者を連れて来い！」

武官の一言で何人かが走って行く。芙蓉は嫌な予感がした。もしやと思って近づけば、芙蓉の轎を担ぐ人足たちだった。四人は斬られて怪我をしていた。寺の竹林の中で、轎は乗り捨てられており、人足の一人は瀕死《ひんし》の重傷を負っていた。

「一体……」

芙蓉が近づくと一番、軽傷と思われる人足が腹を庇《かば》いながら頭を下げた。

「申し訳ありません……轎に乗ったのが芙蓉さまだと勘違いしたのです。気づいた時には男が剣で後ろから脅すので言う通りにするしかありませんでした……」

芙蓉は唖然《あぜん》とした。

「女がいたでしょう？　どうなったの？」

「男が連れていきました」

芙蓉はあたりを見回した。足を引きずった跡が小道の方へとずっと続いている。芙蓉は追いかけたが、姿はもうどこにもない。

——宮人はかなり重傷の火傷をしている。遠くにはいけないはず……。

身の潔白を皇后に証明するには、宮人を捕まえるしかない。芙蓉は、残された足跡を見つめ、逃げた男女を捕まえることを心に固く誓った。

第二章　割り符

1

数日後——。

蒼君は酒楼より少し手前で馬車を止めさせた。朝、細雨が降っていたのが、ようやく晴れて気持ちのいい午後となっていたからだ。街はいつものような埃《ほこり》っぽさはなく、少しばかり湿った地面が歩きやすかった。どことなく、街行く人々の顔も爽《さわ》やかで雨の匂いが辺りを漂っている。

そしてふと、小間物屋の前で足を止めた。芙蓉の花をかたどった簪《かんざし》を見つけたからだ。女人の姿をした小響を思い出す。名前の通り芙蓉のような華やかで麗しい女人だった。男装の時とは違った魅力があって、赤い唇が忘れられない。

蒼君は簪に手を伸ばそうとした。買おうと思ったのでも、欲しいと思ったのでもない。そう、自然と手がそれに引き寄せられた。しかし、指先が触れる前に止まった。

「これは斉王殿下《せいおう》ではございませんか」

声をかけてきた壮年の男がいたからだ。黒髭《くろひげ》に切れ者しかもたぬ鋭い目、温厚そうな頬に唇。一癖も二癖もありそうな人物だ。

「これは河南王府《かなんおうふ》の家職《しつじ》どの」

蒼君が一向に男が誰か思い出せないので、李功が後ろから拱手《きょうしゅ》して助け船を出してくれた。

河南王は蒼君の叔父《おじ》である。皇帝の年の離れた弟で、年の頃は蒼君より三つほど上だったはず。つまり二十代後半の「皇弟殿下」だ。

遊び人の噂が絶えず、晴れれば妓女《ぎじょ》たちと舟遊び、雨になれば、若い貴族を集めて宴会をする。先帝が年を取ってから得た息子なので、甘やかされて育った。だから誰も何も言わないし、その愛嬌《あいきょう》のある笑みを見れば、思わず口を閉じてしまうという不思議な魅力がある美男なのだ。書画に優れ、美的感性をそなえた人物でもある。

「叔父上のご機嫌はいかがだ？」

蒼君が家職に問うと、相手はにんまりとした。

「それはもう麗しゅうございます」

「なにかいいことでも？」

「いえ……、あの……その……」

家職は少々もったいぶった後、小声となった。

「それがやっと皇弟殿下のご婚礼が決まりそうなのです」

「ほお？　どこの令嬢が叔父上の心を摑《つか》んだのだ？」

叔父は「見初めた女人でなければ結婚しない」などと言っていた。皇帝も好きなようにすればいいとわがままな弟に無理に婚姻を押しつけたりしなかったので、三十近くになっても独り身だった。

「それが、丞相家のお嬢さまでして」

「丞相家のお嬢さま？　どのお嬢さまか？」

丞相家に何人お嬢さまがいるか蒼君は知らなかったが、頭の中で勝手に小響を除外していた。すると、家職は少し得意げに言った。

「皇太后さまのお気に入りの司馬芙蓉さまです。麗京一の美人とお噂の方ですよ」

「…………」

蒼君はそっと小間物屋の台に指先をついた。愕然《がくぜん》としたことを悟られまいと、顔には笑顔を貼り付け、幼い頃から培った処世術で明るい声を出した。

「それはおめでたいことだ。叔父上ならば麗京一の美女こそふさわしい」

家職はうんうんと頷《うなず》くと、華燭《かしょく》のための贈り物を用意しないとならないので忙しいのだと言って大量に購入した絹の反物を使用人に持たせ、忙《せわ》しなく去って行った。

「蒼君さま……」

李功はなにかを言いたげに後ろから声をかけた。だが蒼君は貼り付けた笑顔のままで彼を振り返って言った。

「やっと叔父上も年貢の納め時のようだね」

「いや、その……あの……」

李功はもしかしたら、小響が司馬芙蓉であることを知っているのかもしれない。小響の帰り道はつけないように命じてあったが、護衛をする身で屋敷の門の中に入るのを確認しなかったためになにかあれば彼の責任であるし、小響が女であることはとうに見抜いていそうだった。しかし、それを蒼君は今問いただす気分ではなかった。ただ、微笑み、なんてことないとつくろうのが精一杯だった。

「司馬家ならば身分も釣り合おう。良縁だ」

蒼君はそのまま道を歩きだした。先ほどまではすがすがしく感じていた雨上がりの麗京の街も今はどこか沈んで湿気を重く感じる。足早に歩き、誰かと肩が当たってもこの街の住人が誰でもそうするように一言も謝らずまっすぐに酒楼へと急ぐ。

そして、足を止めれば酒楼の旗が報告通り、赤から青へと変わっているのを見て心が痛む。彼女からの呼び出しを喜んでいた今朝。そして今の心の変わりようは、この旗のように気まぐれだ。

「蒼君さま！」

しかし、二階の窓から手を振るのはいつもの小響だ。普段となにも変わらない。蒼君は少し安堵《あんど》した。

「どうした、なにかあったのか」

結婚の話を相談されることなどないのは分かっているが、楼に上がると急いで訊《たず》ねる。

しかし、小響の話はより深刻で意外なものだった。

「それが、ええっと、皇太后さまの親族の令嬢がいらっしゃって……火事の生き残りの宮人がその方の轎《かご》で皇宮外に逃げ出したんです……それで、そのご令嬢が逃亡を手引きしたのではないかと皇后さまがお疑いで、後宮は散々なんです」

「どういうことだ？　なぜ皇后は疑う？　その者の名は？」

「そ、それが——後宮に行儀見習いに通っていらっしゃる、し、司馬芙蓉というご令嬢なのですが……その方が逃げた宮人の手当を翰林《かんりん》医官院に命じたから……皇后さまはお疑いなんです……」

それが自分自身のことであるとは言えないので、少ししどろもどろに小響は事情を話した。蒼君も宮人が逃げたことは聞いていたが、まさか小響の轎が使われていたとは思ってもいなかった。皇太后が伏せさせたのだろう。

「生き残りが逃亡……なにか事情を知っていたのだろうな」

「そうだと思います。足に火傷《やけど》をしていたので、一人ではあまり遠くへは行けないはずなんです」

「うむ……」

蒼君は扇子を開いたり閉じたりしながら考える。

「麗京府に、火傷を負った女に都の門を潜らせないよう手配しよう」

「それは皇太后さまが手を回してくださいました。それより、これをご覧ください。蒼君さまの勘が当たったんです」

　小響は、四つに折りたたんだ紙を懐から出して蒼君に渡した。蒼君は受け取るとそれを開ける。小指より少し小さいくらいの大きさの絵だ。尾らしきものがあり、顔がある。しかしはっきりとはしなかった。

「これは？」

「玉蟬……ではなく玉蟬だと僕が思っていた魯淑妃の口から発見された翡翠《ひすい》の飾りです。検屍《けんし》が終わって皇太后さまのところに届けられたんで、絵で写して来ました。原寸大です」

　蒼君はまじまじともう一度、翡翠の絵を見る。口に入る大きさで、四本足。聖獣か、馬か、猫か。

「蒼君さまがおっしゃっていた通り、玉蟬なら蟬の形のはずですが、僕はこれは虎だと思うんです」

「確かに……虎に似ているな……」

　絵なので蒼君にはよく分からなかった。ただ、虎というと黒虎王を思い出すので胃がずしりとする。

「虎の人形を二つに割ったような形で片面は丸みがあって、もう片面は平たいです。平たい方には小さな六角形の穴が開いていました」

　そして小響は火事は不審火であったこと。椿油が使われたのではないかという推理を告げた。

「なるほどな。椿油か……それならあり得るな」

　彼女の洞察力にはいつも恐れ入る。なかなか思いつかない。

「椿油は大量ではなかったと思いますが、燃えやすいものに零《こぼ》れて、火が点《つ》けば、燃え広がるのではありませんか」

「可能性は大いにあるな……」

「皇后さまは冷宮の警備に当たっていた侍衛を尋問するそうです。消火に尽力し、命を張って延焼を阻んだ人たちなのに……皇太后さまからはお褒めの言葉さえもらった人たちなんですよ」

「皇后はそういう人だ……」

　蒼君は第二皇子が皇太子に立てられれば、皇后がさらに勢いづくと想像するだけでうんざりした。

「それにしても短慮だな。火事で功績があった者を罰すれば、次に火事にあった時、誰も消火しようなどとはしないだろう。それこそ命がけなのだから」

「全くです」

　小響はまっすぐに蒼君を見る。

「それで……お願いがあってお呼びだてしました」

「なんだ？　できることなら助ける」

「捕らえられている侍衛に話を聞くことはできないでしょうか」

皇后は、尋問を命じたが、宦官《かんがん》たち――つまり皇太后が背後にいる劉公公の権力下に置きたくないので、皇帝の直属の軍事機関である皇城司に侍衛たちを尋問させるように取り計らった。なので皇太后といえども、軽々しく越権できず、皇帝の下に直接いる蒼君ならば、容易に面会を取り付けられるだろうと小響は踏んだのだろう。

「確かにその通りだな……」

手がかりは今のところない。

小響の狙いは至極当然であり、鋭い。

「当たってみよう」

蒼君は冷めた茶をぐいっと呷《あお》ると、二人は酒楼を後にした。馬車が店の前に横付けされ、乗り込む時、小響が手を伸ばして蒼君が馬車に乗るのを支えてくれたが、一瞬、手を握るのも不自然であってはならないと、緊張してしまう。

「…………」

このような事態ではあるが、馬車に乗った蒼君は、小響から結婚の話が出て来ないかとずっと思っていた。もちろん、彼女の口からは「皇弟殿下」の名は出てこなかったし、聞きたいと思っても蒼君から切り出しては身元を知っているということを告白するようなものだから、訊ねられなかった。

そうこうしているうちに、馬車は宣徳門《せんとくもん》の南、太常寺《たいじょうじ》の角に止まった。

皇城司の役所ではなく、皇城司の牢《ろう》がある場所だ。ここでの尋問は厳しいと聞くが子細は分からない。皇城司は皇帝の直属の機関で、秘密警察と言ってもいい。正直、法が守られているかも疑問の場所だ。蒼君は小響を連れて入るか悩んだが、彼女の手が蒼君の帯をぐいっと摑《つか》んだ。

「な、なんだ」

「今、僕を連れて入るかお悩みでしたでしょう？　絶対に僕も行きます」

小響はそう言うと帯を両手で摑んだ。呆《あき》れた顔を蒼君は作りつつ、微笑ましく思う。

「しかたがない。なにを見ても驚くなよ」

牢の責任者だろう。建物の中から出て来た武官は軍礼をしたが、いささか迷惑そうだった。しかし相手が皇子では文句は言えない。しかも馬で先駆けした李功が、皇帝の許しを得て火事の件をお忍びで調べているからお名前は伏せるようにと厳しく説明していたから、面倒なことだと思った様子だ。

「冷宮の侍衛だった者たちに会いたい」

「かしこまりました。こちらです」

中に入ると空気がひやりとした。涼しいというより、嫌な空気に満ちていると言った方がいいだろう。ここで何人も死んだはずだ。死臭がこびりついて鼻から離れなかった。

蒼君の帯を握りしめていた小響の手にも力が入る。

「外にいてもいいぞ」

「いいえ。直接、聞きたいことがあるので」

やせ我慢をして小響はついてくる。石で出来た階段を下り、深い地下へと行く。汚物まみれの囚人たちが血に濡《ぬ》れた衣で虚《うつ》ろに格子越しにこちらを見ていた。蒼君は目を合わせないようまっすぐに前を見て歩いたが、「ぎゃぁ」という背後の声に驚いて思わず振り返る。

「どうした、小響？」

「ね、鼠が……」

猫ほどの大きさの溝鼠《どぶねずみ》が横切っていくところだった。李功が苦笑し、皇城司の武官も口を隠す。小響はこんな状況でも、和みをもたらすから不思議だ。蒼君は笑いを嚙《か》みしめながら真顔で言った。

「だから外で待っていろと言ったんだ」

「だ、大丈夫です。鼠くらい。見慣れてます。ただ、ちょっと大きかったものですから――」

いいところのお嬢さまが鼠を見慣れているはずはない。蒼君もわずかに笑って、緊張を解いたが、案内の武官が一つの房の前に立つと、その面持ちを直す。

「そなたたちが、冷宮の侍衛か」

消火の折、火傷を負ったのだろう。皆、腕や足に包帯を巻いて痛々しい姿だった。

「あなたさまは——もしや——」

「皇帝陛下の命で火事の件を秘密裏に調べている。詮索《せんさく》は無用だ」

「…………」

十五人ほどが顔を見合わせた。皇后の命でないと知り、少し気持ちを明るくさせたようだ。小響は既に中の誰かと会っているのか、蒼君の背に隠れてしまった。

「失火の責めを負わされているそうだが……皇太后さまからは消火に尽力したとお褒めの言葉をいただいたと聞いている——」

全員が立ち上がって拱手《きょうしゅ》した。中でも隊長と思われる男は蒼君が誰であるのか知っている様子だった。しかし、蒼君は微行の姿であるし、皇城司の牢で明かすのは憚《はばか》られると思ったのだろう、ただ頭を下げ、憤懣《ふんまん》がこもった声で言った。

「理不尽この上ないことでございます」

「なにか知っているようなら教えて欲しい」

「…………」

仲間を売るようなことはしたくないという顔だった。小響が少しだけ蒼君の背から上半身を出して言う。

「火事で生き残った唯一の宮人、冉茗児が皇宮から逃亡したんです。どなたかその宮人について知っている人はいらっしゃいませんか」

「冉茗児！」

隊長がはっとした。

「知っているのか？」

「いや、その……」

「どうした？　それが原因でここに閉じ込められているんだぞ。火事は失火ではなく不審火であると既に判明している。お前たちの責任ではないんだ」

男たちは牢に入れられていたから、本当の理由を知らなかったのだろう。目を大きく見開いて顔を見合わせた。

「隊長……」

うちの一人が隊長を促す。しばし、厳《いか》つい男は考えあぐねた末に、重い口を開いた。

「隊員の一人——魏《ぎ》成完《せいかん》という男が行方不明です」

「魏成完……」

「その者は冉茗児と親しくしておりました。なにか関わりがあるやもしれません」

侍衛たちによれば、二人は恋人同士のようだったという。文を交わし、茗児からは刺繍《しゅう》のついた手巾《しゅきん》が、魏武官からは食事にことかく茗児に菓子などを差し入れていたらしい。

「火事の中、茗児を助けに火の中に入ったのも魏成完です」

「……つまり、魏なる武官は火の中に魯淑妃を助けに入ったのではなく、恋人の宮人を助けに行ったというわけだな？」

「……そ、そうです。そういうことだと思います」

うすうす気づきながら、皆、モテない魏成完に恋人が出来たことを嬉《うれ》しく思い、見て見ぬふりをしていたという。どのみち、後宮の北西の端にある冷宮に近づく者はいなかったし、警備は万全で他の宦官や女官、宮人などに二人の逢《あ》い引きを見られることはなかった。

「あの……それって、もしかして背が高く体ががっしりしている男の人ですか？」

小響は会ったことがあるのだろうか、そう尋ねた。

「あ、はい。我らの中では一番大きい体をしている奴です」

小響が顎《あご》に指を置く。

「どこか隠れていそうな場所を知りませんか」

「いえ……家と仕事を往復するだけのような真面目な男でしたから……友人がこの麗京にいるとも聞いたことがありません」

「家はどこにあるかご存じですか？」

「蔡河《さいが》にかかる太平橋《たいへいきょう》の近くだと聞いたことがあります」

小響がはっと顔を上げた。この麗京上の地図がすべて頭の中に入っている小響はすぐにその場所を突き止めて、人差し指を天井に向けた。

「御街を南に下り朱雀門《すざくもん》を出て、西に曲がると太平橋という橋があります。そこのことでしょう」

麗京を守る三つの城壁のうち、真ん中の内城の外にあることになる。下級武官の屋敷の場所には確かにふさわしい。

「舟で行きましょう、蒼君さま。その方が馬車より早いです」

百万都市麗京はあちこち人で混雑している。虹橋《こうきょう》には不法につくられた店が並んでいるから馬車が通るのに狭いことこの上ない。だから、小響の提案は確かに一番早いだろう。

「よし！　そうしよう！」

蒼君は明日の朝には皇帝に侍衛たちの解放を上奏すると彼らに約束して、今度は走るように通路を戻っていく小響を追いかけた。

2

夕日が沈み始めていた。

蒼君はぼんやりと外を眺めながら、舟の手すりに凭《もた》れる。麗京は二階建ての建物が多い。妓楼《ぎろう》であったり酒楼であったり、大店《おおだな》であったりする。

もう日暮れだというのに、傘や桶《おけ》、籠《かご》など多様な日用品を売る小店も道に並び、井戸の周りには女たちが夕餉《ゆうげ》の支度の為だろうか、水を汲《く》む順番を待っていた。鐘楼の鐘が日暮れを告げれば、人々の足はいっそう速くなる。

「蒼君さま？」

小響がぼんやりしている蒼君に声をかける。

「あ、いや……詩でも詠もうかと考えていたところだ」

「それはお邪魔しました」

「いや……別段変わらないいつもの麗京だ。詩情も湧かないよ」

小響は微笑し、蒼君は苦笑を返した。本当を言えば、小響の結婚話が気になってならないのだ。蒼君は話題を探すも適当なものが急には浮かばなかった。あれやこれやと考えているうちに、黙ったまま時間だけが通り過ぎ、あっという間に李功が「着きました」と舟を河岸に泊めた。

「行きましょう、蒼君さま」

身軽な小響が舟からぽんと跳びおり、蒼君に手を差し出してくれた。蒼君は長い裾《すそ》の衣をわざと面倒くさそうにしながら、その手を取った。

「すぐそこですよ」

牢《ろう》で聞いた場所へと小響はどんどんと行く。下級の貴族の家が立ち並ぶ場所だ。「某《なにがし》宅」と扁額《へんがく》がそれぞれの門に掲げられているので、魏という名前を探すだけだった。

「ここのようですね」

小響が一軒の屋敷の前に止まった。立派とは言いがたいが、小さいながらに手入れの行き届いた屋敷で主《あるじ》の几帳面《きちょうめん》さが窺《うかが》えた。

李功が二人の代わりに朱色の門を叩《たた》く。

「誰かいないか」

しばらく待たされて、門番ではなく麻衣の使用人が出て来た。門番はいないらしい。

「魏武官に面会したい」

「それが――」

使用人は口ごもり、母屋《おもや》の方を見る。ちょうど、老年の男――家の主と思われる人物が横を通り、こちらを見た。蒼君と小響の貴族然とした絹の装いに慌てて出迎えた。

「魏武官に会いたい」

「成完のことでしょうか」

「ああ」

蒼君が横柄に言ったのは性格からではなく、こちらの身分を名乗りたくなかったからだ。案の定、老人は困惑顔で逆に尋ねてきた。

「後宮で火事があったと聞きました。その後一度戻ってきましたが、仕事だといってそれ以来、息子は帰ってきません」

詳細が分からなくて息子の帰りを待っていたらしい。小響が言った。

「では火事の後に一度、戻って来ているのですね。いつかわかりますか」

「たしか――六日だったかと」

五月の六日……。

「宮人が行方不明になった日です」

「何時頃でしたか」

「日暮れ過ぎだったかと」

宮人が行方不明となった時間と重なる。

「女人と一緒ではありませんでしたか。火傷《やけど》を負った」

「いいえ。一体、どういうことですか。息子になにかあったのですか」

老人は嘘をついているようには見えなかった。蒼君はできるかぎり心配をかけないように言った。

「行方が知れない。職場の放棄で問題になっている」

宮人と逃亡と伝えては相手の態度は硬くなるだろう。それが精一杯の「詳細」だった。

「職場放棄……そんな……息子は人一倍責任感の強い子です」

「俺もそう聞いている」

「あなたさまは――」

老人はようやくこちらの身分を恐る恐る尋ねた。小響が言った。

「僕は火事の件を調べています。事情を聞きたいのですが、魏武官だけどこにいるのかわからなくて。心配はありません。火事で現場が混乱しているだけでしょうから、誰かが勝手に他の部署に回したのかもしれません」

「それならいいのですが……」

しかし、蒼君は一歩踏み出た。

「悪いが、部屋を見せてくれないか」

「……………」

老人は渋る。当然だ。誰とも知れない人物に家の中を見せるのだから。

蒼君が黙っていると、小響が仕方なさそうに東華門の通過許可を示す腰佩《ようはい》を見せた。

「僕は皇城司の者です。命令で魏武官の居場所を探しに来ました。見せてください。実のところ、我々皇城司も魏武官を捜しています」

「それならば……」

魏成完の父親は青い顔になって屋敷の中に招いた。長男なのだろう、東側にある日当たりのいい建物に魏成完の部屋はあった。弟と同じ離れを使っているのか、部屋は狭く左側に書斎が、右側に寝室があるだけだった。武官らしく三振りの剣が壁に置いたままになっていた。

机の上は片付いていて部屋に乱れはない。ただ、細長い紙が床に落ちており、そこに金額が三十貫と書かれていた。老人はその紙を拾うとぶるぶると震えた。

「これは――」

「これはなんですか？」

物知りの小響も何か知らず、蒼君にもとんと見当がつかなかったのに、魏成完の父親と李功にはそれがなにかわかったらしい。

「質札ではありませんか？」

「質札？」

蒼君は手に取ってみる。そのわりに店の名前は書いておらず、北斗《ほくと》七星《しちせい》の印が押されているだけだ。

「店の名前がないが……」

「ない質札もたまにあります」

李功が言うには、高利の質《しち》庫《や》は名前を質札に記さないのだという。麗京府の追求から逃れるためだ。捕らえられても知らぬ存ぜぬを通せる。なかなか賢いやり方だ。

「三十貫を高利で借りたなら十日で一割は取られます。すぐに倍になりましょう」

老人もそれを案じているようだ。魏家ではかなりの金額だ。下級武官の年収半分くらいなのだから。蒼君は質札を老人の目の前に向けた。

「これは俺が預かろう。高利は違法だ。麗京府が取り締まるべきもの。そなたの手には余る。取り立てがもし来たら、麗京府が持っていったと伝えよ。皇城司の名前は出さぬように。そなたの味方は誰もいなくなるぞ」

「か、かしこまりました」

皇城司はここには来ないだろう。蒼君が捜査していることを知ったなら、皇帝の意向はわかっているはずであるし、捕まっている侍衛たちも自分たちが助かるために、少なくとも明日までは皇城司には詳細を話さずに、蒼君が皇帝に保釈を願い出る上奏を待つはずだ。

「急ごう」

小響は魏家を後にすると、もと来た道を黙って先に行った。自分なりに考えを整理しているらしい。しばらくほっておくと、急に立ち止まって後ろを振り向いた。

「やはり、冉茗児と魏成完が火をつけたのでしょうか」

「さあな。まだそう結論を下すのは早いように思うが――」

「二人は恋人でした。逃げる算段をつけていたのではありませんか」

「可能性がないわけではない。宮人と侍衛の恋は禁じられている。冉茗児と魏成完の二人は入念に計画を練って火事を起こし、逃げた可能性は十分にある」

小響は再びくるりと前を向くと歩き出す。

考えているのか、ぶつぶつ言っていたが、再び足を止めて蒼君を見た。

「冉茗児は大けがをしています。都のどこかに潜伏しているはずです」

「舟で都の外に逃げた可能性は？」

「ないことはありません。魏武官は三十貫も持っていたんです。逃亡資金としては十分でしょう。袖《そで》の下を門番に渡すことなど容易《たやす》いですし、水門でも同じです」

「ではなぜ、潜伏してると思う？」

「薬です。都の外に出れば、火傷に詳しい医者どころか、薬すら手に入らない。苦しんでいる恋人を見て、逃亡よりも薬を得ようとするのではありませんか」

「さあ、どうだろう……」

　正直、蒼君にはわからなかった。恋をしたことはない。恋しい人が痛がっている中、舟に乗せるか、医者を呼ぶか……どちらが正しいのか、あるいは、どちらに感情が動かされるのか――。

「とにかく、質庫を当たろう」

「はい」

　とは言っても、手がかりはない。うむうむと二人は道の隅で考えていたが、ちょうど茶館があったので、軒で一杯注文した。ただ熱いだけの香りもない茶だったが、蒸し菓子がついていたので、疲れた体にはちょうどよかった。腹を空《す》かせていたのだろう。小響がすぐに食いついた。

「まず、手がかりはこの質札だけです」

　紙は丈夫で厚い。文字は印象の薄い、商人らしい合理的に読みやすさだけを追求した字だ。判には北斗七星が押され、一つの星だけ赤い点で描かれている。

「この星はなんだ？」

　蒼君が訊《たず》ねると、小響は小首を傾げて考えてから答えた。

「北斗七星は、天枢《てんすう》、天璇《てんせん》、天璣《てんき》、天権《てんけん》、玉衡《ぎょっこう》、開陽《かいよう》、揺光《ようこう》の七つの星でできています。これはたぶん……開陽ではありませんか？」

蒼君は星には詳しくない。ただ、そんな名前の星があるのは知っていた。

「なんの手がかりもない。どうしたらいいのか……」

小響が微笑んだ。

「達人大観すというではありませんか。尉遅力さんに聞いてみたらどうでしょう」

「尉遅力？」

蒼君は気に入らなかった。そもそもその熟語の使い方が合っているかも疑問であるし、またあの男に会うのは億劫《おっくう》だった。

「でも他に裏の世界に詳しそうな人を知りません。麗京府の役人は知っているでしょうか」

「知らないだろうな……。裏の質庫の問題は以前から宮廷でも問題視されているが、いたちごっこだ。普通の質庫が月に二分ないし四分なのに対し、モグリのところは、十日で一割というではないか」

「だからこそです。尉遅力さんは鏢師《ひょうし》もやっているのですから、もしかしたら借金の取り立てなどもしているかもしれません」

尉遅力は親切そうな男だが、金を払わなければ動かないだろう。だが、他に知っていそうな人物を蒼君は知らなかった。重い腰を上げて尉遅力の家のある金梁橋方面へと舟を向かわせることにし、にこにことする小響を見たが、なにが嬉《うれ》しいのかさっぱりわからない。それにもうあたりは真っ暗だった。月が東の空に昇り始めていた。

「日が暮れたぞ。家に帰らなくても大丈夫なのか」

「今日は親戚《しんせき》の家に泊まることになっているので、問題ありません」

落ち着いた様子に、蒼君も安心した。屋敷には帰らずに、後宮にいることになっているのだろう。皇太后も蒼君といるなら安心だと思ってくれているようだ。預かるからには絶対に安全なように守らなければならなかった。


「尉遅力さんはいらっしゃいますか」

蒼君と小響が着いたのは、尉遅力の家だ。遠慮のない小響は、どんどんと案内もなしに入って行ってしまう。相変わらず、黒漆の門は傾いていて、目つきの悪いごろつきたちが博打《ばくち》をしているのか、ゴザの上に五、六人集まっていた。

ごろつきたちは「なんだ、こいつ」といった目で見るが、声を聞いた尉遅力が出て来て「小響の坊ちゃん」と笑顔で対応したので、緊張はひとまず収まる。

「お知恵を拝借したくてきました」

通されたのは、相変わらず酒臭い部屋だった。虎の毛皮が床に敷かれ、来る者を脅すように白虎の絵が壁に飾られている。酒瓶は床に落ちているし、食べかけの饅頭は卓に置かれたままなので、麗京一の義賊と噂されているわりに生活は大きく変わっていないようだ。

「どうしたんですか、坊ちゃん」

小響が質札を見せた。

「この質札に見覚えはありませんか」

「さあ……質庫はこの麗京に腐るほどありますからね」

「質札に名前がないので、尉遅力さんがご存じではと思ったのです。ここを見てください。北斗七星の判が押してあります」

「ああ、本当だ」

「それで、北斗七星の開陽のところだけが赤いんです。なにかの手がかりかと思って持ってきました」

尉遅力はうーんと唸《うな》りながら腕を組んだが、目は蒼君に向けられる。金を出せという目だ。蒼君は腹立たしいが、ただでものを教えてくれるような場所ではない。扇子で李功を呼んだ。李功は言われなくてもわかっていて、交子を気前よく卓の上に置く。

尉遅力は気のなさそうな顔をしながら、それを袖にしまった。

「確か、青宣《せいせん》市のあたりに『賈《か》開陽』という名前の家具屋がありますがね。そこを当たったらどうですか。質庫をモグリでやっているという噂を聞いたことがありますよ」

蒼君は早々に立ち上がろうとしたが、尉遅力まで剣を帯びて一緒に行こうとする。

「護衛は必要ないが」

「迷路みたいな場所です。案内人は必要ですよ。十分に駄賃もいただきましたし」

「それは頼もしいです、尉遅力さん」

蒼君は断ろうとしたのに、その前に小響が礼を言って、一緒に室外へと出て行ってしまった。自然と吐息が出たが、もうなるようになれだ。二人についていくしかなかった。

3

「この辺りのことは全くわかりません」

青宣市――皇宮のちょうど南東にある雑多な街につくとあたりを見回しながら芙蓉は言った。地図や地理が好きなので、麗京の見知らぬ地に心が躍る。市も普段、芙蓉がお忍びでいく相国寺《しょうこくじ》のもののように縁起ものやら菓子、絹の反物などが売っている場所とは違い、貧しい人々の生活の場所だった。

なんの肉かわからないようなものが吊《つる》され、腐ったような臭いのする魚が並び、嗜好《しこう》品などはなく、古着や壊れた生活用品が並んでいる。それが夜でも繁盛していて、昼間の労働で疲れたであろう人々で賑《にぎ》わっているのだ。

治安が心配だが、皆が尉遅力に頭を下げるから、おそらくここは彼のシマなのだろう。

芙蓉は少し安心した。

「俺の後ろを歩くように」

それなのに、蒼君は芙蓉を過保護に守ろうとする。自分の袖を摑《つか》ませて、前を行き、興味深そうに民の生活を見ながら、尉遅力と話していた。そして道がだんだんと細くなって行くと、両側に店があったのが、片側になり、さらに細い路地が左右に延びていく迷路のような場所になった。

「ちょっとお待ちを。場所を聞いてきます」

尉遅力は一軒の店の中に入って行った。芙蓉たちはそれでしばらく店の前で待っていたのだが、ふいに蒼君が訊ねた。

「あれは物乞《ものご》いなのか」

見れば、六十、七十代の老婆たちが並んで座って灯《あか》りを頼りに縫い物をしていた。その前にいるのは下着一枚の男で、芙蓉も聞かれてもさっぱりわからなかった。

「あれは縫窮婆《ほうきゅうば》ですよ」

細い階段を下りて来た尉遅力が、革靴の音を立てながら言った。

「縫窮婆？」

「縫い物ばあさんですよ。ああやって独り身で縫い物なんかできない人足相手に着たきりの衣を縫って直してやっているんです」

「へぇ」

芙蓉はいたく感心したが、蒼君は心を痛めたようだ。

「夜にあの年で働くのは大変だろう。冷たい地面は身に応《こた》えることだろうに」

しかし尉遅力は明るい。

「おれのシマでは婆さんたちは自由に仕事をすることを許されているし、ここは港から近い。船で他州から来る人足も多いから実入りはいい。夜まで働けば、生活の足しくらいにはなるし、孫にも菓子を買ってやれるってわけですよ。上の人には上の人の、下の者には下の者の苦労と幸せがあるんです」

「なるほどな」

蒼君はその言葉に少し励まされた様子だった。

「この街の者は独特だな」

「どんな奴であれ拒まぬ場所ってもんはありますよ」

「あまりみかじめ料を取らないでやってくれ」

「もともと取ってませんよ。うちは取れそうなところからしか取らない主義でね。婆さんから小銭を集めてもその手間賃の方が高くなる」

芙蓉は笑った。

「それで、縄張りを広げたのにあまり儲《もう》けている様子がないのですね」

尉遅力は首を掻《か》いた。

「まぁ、そんなことはどうでもいいことですよ。賈開陽の場所がわかりましたから、その路地を曲がりましょう」

「はい」

治安がいい場所とはいえない。尉遅力が剣の柄《つか》に手をかけて先頭を歩き出す。人一人通れるかどうかの路地なので、蒼君がその次を、芙蓉が三番手。しんがりを李功が務めることになった。月影が明るい夜だった。

時折、喧嘩《けんか》している夫婦の声がし、道には酔い潰《つぶ》れて寝ている男、あるいは虚《うつ》ろな瞳《ひとみ》で座り込んでいる者もいる。仕事にあぶれていそうな者には、尉遅力は数文を投げて、明日、船の荷運びを手伝いにくるように言って歩いた。

「仕事をあげるなんて優しいんですね」

「荷運びの人足はいつだって足りませんからね。でも約束した時間に来る奴なんて数人しかいません。その中で使える奴なんて一人いればいい方で」

「その者にはその者の事情があるのだろうな……」

「救いようのある奴はおれが救いますんで、救いようのない奴らをお上でなんとかしてもらいたいものです」

尉遅力の言葉は的を射ていた。蒼君も同意する。

「そのように上奏文を書いてみよう。しかし、なかなか上手くいかないのをなんとかしたいものだ」

「いつでも知恵をお貸ししますよ」

「養老院にしろ、孤児院にしろ、寺につくるが中抜きがある。いくら資金があっても上手くいかない」

「役人も坊主も金が好きですからね」

芙蓉は真摯《しんし》に民を思ってどうするのが一番かを考える蒼君を頼もしく感じた。あまり仲がいいといえない尉遅力とさえ、この件なら対等に話し相談する。身分を笠《かさ》に着てものを言ったりしない。たしか、蒼君——斉王殿下には妻がいないはず。女嫌いが理由だろうが、妻となる人がいるとしたら幸せだろう。

「すぐそこです」

路地を右に曲がって、左に曲がった。

黒漆の門があり、尉遅力が手のひらで戸を叩《たた》く。しっこく叩いていると、「誰だい」と文句を言いながら、使用人が出てきた。

「邪魔するぞ」

「これは親分。なにかありましたでしょうか」

「店主はいるか」

「はい……」

「邪魔するよ」

それだけ聞くと尉遅力は使用人の肩を叩いて横を通りすぎ、中に入った。店はわずかばかりの椅子や卓が商品のように並んでいるが本気で売っている様子はない。埃《ほこり》を被っていた。

本業は家具屋ではなく質庫《しちや》なのだ。奥に入ると、女性としては長身の芙蓉でさえ、つま先立ちにならなければ、座っている老人を見ることはできないほど高い帳場があった。

「開陽。これはお前んところの質札だな」

ドンと質札を帳場に尉遅力が置くと、店主は目をそらした。

「さあ、どうでしたかね」

「おれを馬鹿にしてんのかぁ？　あぁ？」

こういう場合は尉遅力にすごみがかかる。

「ただ、聞きたいだけだ。これを持ってきた者はいつ来たのか」

蒼君が温和に言った。

「数日前ですね」

「質草はなんだった？　まだここにあるなら見せて欲しい」

魏成完が三十貫もする物を持っていたとはとても思えない。なにを質入れしたのか。逃げる時に魯淑妃の持ち物を盗んだのか——。いや、そんな時間はなかったはずだ。ではなんだろう……。

「もう流れてしまいましたよ。翌朝早くお買い上げになった方がいたのでその客に渡しました」

芙蓉も黙っていられなくなって帳場の下でぴょんぴょん跳ねながら訊《たず》ねた。

「どんな客ですか。お金を借りた人とはまた別の人？」

「ええ。別の方です。笠を被った黒い衣の人です」

「どんなものだったか見ましたか」

「見てはならないと言われましたがね。見ないと値はつけられません。翡翠《ひすい》の飾りです。虎の形の――」

　芙蓉は慌てて自分が見た虎の飾りの絵を見せた。

「これですか」

　店主はちらりと見て頷《うなず》く。

「ええ……まぁ、大体そんな感じのものでしたね。もっとしっかりとした虎の形でしたがね」

「なにか気づいた点は？　裏側に穴はありましたか」

「穴？　いいえ。ただ突起はありました。六角形の――」

　息を呑《の》む声がした。蒼君だ。彼はすぐに李功から有り金全て受け取ると店主に渡し、そしてせっぱ詰まった低い声で言った。

「逃げろ」

「はい？」

「殺されるぞ！」

「いったい……なんのお話で……」

　芙蓉もわからなかった。が、蒼君はもう一度、「麗京からしばらく姿を消せ」とだけ店主に言うと芙蓉の衣を摑《つか》んで店の外に出た。尉遅力もわけがわからない様子でついてくる。

「蒼君さま、一体、どうしたんです？　そんなに慌てて……」

「行こう、ここは危険だ」

「危険？」

蒼君は慌てて店の裏から出た。芙蓉と尉遅力、李功が追う。すると、黒衣の男たちが三人ほど道を曲がって店に入っていくのが見えた。それとともに悲鳴が響いた。男気のある尉遅力が道を戻ろうとしたが、蒼君はそれを引き止めた。

「ただの強盗ではない。行けば殺されるぞ！」

「どういうことですか……蒼君さま？」

「敵は、天宝閣の侍衛たちが皇城司に捕まったのを知って、魏成完から足がついたことに気づいたんだ！　本来ならば、冉茗児が来るはずだったのだから」

尉遅力が蒼君の腕を掴んだ。

「説明してください」

「あれは翡翠の飾り物などではない。虎符《こふ》だ」

「虎符？　軍を動かす時に使う、あの……割り符の虎符ですか？」

尉遅力が戸惑いを見せた。

「その虎符だ。翡翠でつくられた虎符に違いない。対の虎の飾りは二つに割られていて、ぴったりはまるようになっていた。軍の割り符である虎符が一つになった時、命令が下ったとして進軍が許可される——秘密の虎符を質庫の店主に見られたらどうする？　口封じするに決まっている！」

　尉遅力は舌打ちし、悲鳴が消えた質庫の店の方を見た。

「玄人の殺し屋だし、俺たちが関わっていることを知られたらまずい」

　月影のせいだろうか、芙蓉には尉遅力の顔も青く見えた。

「小響。今からでも皇太后さまに連絡は取れるか」

「あ、はい」

「なら、俺の文を届けて欲しい。これは緊急を要することだ」

「わかりました」

　芙蓉はただ頷いた。

4

「皇太后さま！」

　芙蓉が慶寿殿に行くと、心配だったのだろう、皇太后は寝ずに待っていてくれた。白い寝衣で女官たちに白髪交じりの髪を梳《す》かせている。銅鏡越しに芙蓉の姿を見ると、挨《あい》拶《さつ》に跪《ひざまず》く芙蓉をすぐに手で招いて自分の傍らに立たせた。

「遅かったな」

「大変なことがわかりました。あの──」

そこまで言って芙蓉はあたりを見回す。女官たちがまだ控えていることに気づいたからだ。皇太后は「下がっておれ」と人払いしてくれて、芙蓉を自分と同じ榻《ながいす》に座らせた。

「どうしたというのだ。そんなに血相を変えて」

「調べたんです。あの翡翠がなにか」

芙蓉は逃げた宮人に親しい武官がいたこと。その者の行方も知れないこと。質札があったことを話した。

「質庫の主人が言うには、魯淑妃の口から出て来たものとそっくりなものを質草として預かったというのです」

「そっくりなもの？」

「蒼君さまはそれを――」

芙蓉はさらに声を囁《ささや》き程度のものにした。

「虎符ではないかとおっしゃるんです」

「虎符！」

「ええ。翡翠でつくられた虎符ではないかと……虎符を預かった質庫の主人のもとには刺客が現れて殺されたようです。わたしたちは間一髪、逃げたんです」

「またそんな危険なことを！」

「これを――」

芙蓉は皇太后に蒼君の文を渡した。

芙蓉は虎符が軍を動かすための割り符であることは知っていたが、実のところ、どれほど重大な問題なのかはわかっていなかったから、皇太后が蒼君の文を片手に狼狽《うろた》えて、部屋を行ったり来たりするのを見ると不安になってきた。

「虎符があるとそれほど問題なのですか」

「虎符は皇帝から軍の責任者や太守に与えられる割り符で、虎の形をしていることからそう呼ばれている。徴兵を許可するために使うもので、虎符を持つ者は軍権を持つと言っていい」

「でも、翡翠の虎符は皇帝陛下の軍のためのものではないのでしょう？　それとも盗まれたのですか」

「いや……そうでないから、怖いのだ。虎符があるということは兵がいることになる。つまり、朝廷のあずかり知らぬ軍が隠されているのではないか」

「そんな――」

「魯淑妃は虎符を持っていた。その中の一つを自分の口の中に、もう一つを冉茗児なる宮人が盗んで宮廷の外に持って行き、質庫《しちや》を通じて何者かに渡した――そうではあるまいか――」

芙蓉は「黒虎王！」と言おうとした言葉を辛うじて呑み込んだ。皇宮でその名を言うことはもはや禁忌といっていい。しかも、この一件は既に落着し、第一皇子が犯人とされ流刑となり、その生母の晋徳妃は道観《どうかん》に入れられただけでなく、関係した官吏たちはことごとく処刑されたのだ。今更、この話を持ち出すのはよくなかった。それでも、芙蓉は言わずにはいられない。

「もしや、黒虎王の残党がいるのではありませんか。虎符は溶けているのでなんとも言えませんが、黒虎王が使っていた紋によく似ているとわたしは思うんです……それに魯淑妃は黒虎王の仲間でした。その残党が虎符を取り戻そうとしたのでは――」

「…………」

「皇太后さま……」

「慎重にせねばならぬ。慎重に……」

「はい……」

「恐ろしい陰謀が隠されているやもしれぬ……」

「御意」

皇太后は手をぎゅっと握った。

「皇后が冉茗児の捜索をすると言い出している」

「事件の捜査の主導権を握るつもりなのですか」

「そうだろう。自分の都合のいいように決着させる気だ」

「そんなのいけません！」

皇太后と皇后はここのところ権力の奪い合いで静かな戦いをしていた。息子を皇太子にするために奔走している皇后は後宮の実権も握りたがっていた。それを皇太后は食い止めているのだ。宦官《かんがん》は皇太后についていたが、官吏は御しやすい皇后の元に集まりがちだった。ただ、皇帝は未だに第十二皇子を皇太子にと考えている様子があるので、中立に見せて皇太后と手を結んでいる。

芙蓉は焦った。

「皇后は皇帝陛下に火事の件の捜査を任せるように願ったようだ。陛下は『考えておく』と言って濁したらしいが、上奏が多数あれば許可せざるを得ないかもしれない。後宮のことはわたくしの管轄じゃ。皇后に大きな顔をさせるわけにはいかぬ」

芙蓉は皇太后の手を握った。

「ご心配には及びません。わたしが皇后さまより先に冉茗児を見つけます」

「しかし……危険すぎる」

「それでもやらなければなりません。もし、皇后さまが虎符のことを知ったら？　どうなるかお分かりでしょう」

「…………」

「必ず見つけます。そうしなければ、とんでもないことになります」

芙蓉はこの状況を危惧《きぐ》すれば、怖いという思いより使命感の方が勝った。

皇太后は芙蓉の両腕をさすり、芙蓉の目を見つめる。

「細心の注意をするのだぞ。それにそなたがすべきことは虎符を見つけることではない。自分の身の潔白を証明するために冉茗児を見つけ出すことだ。虎符の件は蒼君に任せよ」

「はい……」

芙蓉は頷《うなず》いた。確かに、自分の為すべきことは虎符のことではない。冉茗児の行方を捜し、逃がしたのではないことを皇后の前で明らかにすることだ。芙蓉は目的がいつの間にかすり替わっていたことを思い出した。見つけ出す期限が迫っていることも。

「そういたします」

そして考えた。

どうやったら、冉茗児を見つけ出せるのか。

慶寿殿にあたえられた自室に戻ってもしばらく寝ずに考え、机に向かう。

——冉茗児は火傷《やけど》を負っている。なら、医者を呼ばないと……。ううん。そんなことをしたらすぐに居場所が漏れてしまう。なら——火傷の薬をせめて買い求めるんじゃない？ 痛いのに放置はできない……。

そしてすぐに後宮の書庫に向かった。表向きは行儀作法に必要な本を借りに行くと言って蓮蓮のみを伴った。

「本のにおい」

書庫に入ると、芙蓉は思わずそう言った。芙蓉は、湿った本の臭いが漂う部屋が嫌いではない。心がなぜか落ち着く。

手燭《てしょく》を片手に見渡せば高い書棚に紙の書籍が並んでいるだけでなく、皇太后が長年集めた竹簡の書も丁寧に袋に入って納められている。しかし、探しているのは医学書だ。

重傷の火傷に効く薬がなにか知りたかった。

蓮蓮が窓を開けて風を通してくれたから、閉め切っていたせいでこもっていた本の臭いはどこかに消えて、爽《さわ》やかな夜風が通り過ぎ始める。同時に明るい月光も差し入って、足早に本を探す芙蓉の背中を押した。

——あった。

医学書の棚だ。

——火傷にいい薬が載っているといいけど。

芙蓉はぺらぺらと書を開くと次の巻をめくる。ようやく見つけたそこに書かれていた薬の名は——。

「神仙太《しんせんた》乙膏《いっこう》」

効力がありそうな名前だ。「神仙」な上に「太乙」は万物を取り仕切る神の名、「膏」は塗り薬だろうか。成分は、玄参《げんじん》、白芷《びゃくし》、川当帰《せんとうき》、肉桂《にっけい》、大黄《だいおう》、赤芍薬《せきしゃくやく》、生干地黄《きぼしじおう》。皮膚疾患全般に効くようだ。もし、冉茗児と魏成完が共に逃亡しているのなら、金は十分に持っている。効験あらたかな薬を購入することも可能だ。

芙蓉はようやく見当をつけると書庫にある麗京府の地図を広げる。

そして部屋の隅にあった碁盤の上にあった碁笥《ごけ》を摑《つか》むと、薬舗《くすりや》の位置を頭脳から呼び起こしながら、黒い碁石を並べ始めた。

「ここと、ここと、ここ」

「ここにもありますわ」

市井に詳しい蓮蓮がいくつか石を加える。

石は三十に及んだ。潜りの薬舗もあるだろうし、医師が薬も売っている可能性もある。実際には百はゆうに超えると思われた。

——でも……。

神仙太乙膏は高価な薬のはずだ。ただ、そういう薬の作り方を薬師はなかなか他に漏らしたがらない。専売したいからだ。書物にも細かな調合は載っていない。

——なら安物の薬を売っている場所ではないはず。

芙蓉は庶民が暮らす外城地区にある碁石をすべて取り除いた。残るは大きな市が開催される相国寺周辺と芙蓉の屋敷近くの馬行街だ。

——馬行街は皇宮の東華門から近すぎる。誰かに姿を見られてしまうはず。なら、相国寺周辺の薬舗の方が安全……。

相国寺の伽藍《がらん》は豪華絢爛《けんらん》で、麗京の象徴的場所であり、月に数度、市が開かれる。その時ばかりは麗京中の人々がたとえ冷やかしであっても寺に出かけて参拝するものだ。人混みに紛れやすく、広いので出入り口も多い。

「蓮蓮、わたし、相国寺周辺だと思う。蓮蓮はどう思う？」

「そうですね……たしかに馬行街の薬舗は宮門に近すぎで、出仕する官吏に見咎《みとが》められる可能性もありますし、兵士たちも警備を怠らない地区ですから……」

翌朝、朝霧が消えぬ中、芙蓉は皇宮を後にして慣れた相国寺へと向かった。

相国寺周辺は、麗京一の高級な店が連なる界隈《かいわい》であり、今日は市が開かれる日だ。朝から露店が店を広げ、場所取りに余念がない。

芙蓉は市のたびに遊びにくるので地理に詳しかった。

案の定、繁華な相国寺前の道に「神仙太乙膏」というのぼり旗が揚がっているのが見えた。芙蓉は、蓮蓮に馬車の中で男装を手伝ってもらう。貴族の女の姿で聞き取りは怪しいし、一人で行動しにくい。芙蓉は薬舗の前を掃く丁稚《でっち》の少年に声をかけてみた。

「聞きたいことがあるんだけど」

「はい？　なんでしょうか」

「『神仙太乙膏』はここ以外でも売っている？」

「ここと馬行街にある本店でしか買えないものでございます。店主の祖父が医学書をもとに再現した秘薬ですから」

「ねぇ、最近、武官っぽい大柄な男の人は買いに来た？　ここ三、四日なんだけど」

「そうですね……六尺はあるような大きな方でしたら見ました。でも、少量のみのお買い上げで、試してみるとおっしゃっていましたので、その方かどうか――」

「来たんだね？　ありがとう！　助かったよ！」

ならば、また買いにくる可能性は大いにあった。開店するまでの間、どうしていようかと考えた芙蓉があたりを見回すと、朝餉《あさげ》を振る舞う麺舗《めんや》があるではないか。

「刀削麺《とうしょうめん》」と書かれた旗がある。中年の女人が両手に持った特殊な包丁で麺の固まりを切って沸騰する鍋《なべ》に入れているところだった。

客は竹で編んだ屋根の下でそれができるのを待っている。芙蓉も蓮蓮を連れて入ろうとしたが、彼女は日の出前に屋敷に戻らなければ、祖父に芙蓉の外出を知られてしまうからと、不在隠蔽《いんぺい》工作のために足早に帰ってしまった。仕方なく、芙蓉は一人竹筒から箸《はし》を一膳《ぜん》取って、がたがたと揺れる卓の上に金を置き、麺ができあがるのを待つことにした。

出て来たのは熱々の汁ものだった。中に歪《いびつ》なかたちの麺が入っている。庶民の朝餉にちょうどいい。つるっとしてもちもちした食感は一日の労働を支えてくれるだけの食べ応《ごた》えがある。芙蓉は珍しいものに目がないので、曲がった箸で器用にすすった。

「うん、美味《おい》しい!」

芙蓉はおかわりをもらいながら、薬舗を見張っていた。すると、誰かの重い手がずしりと芙蓉の肩に載った。恐る恐る振り向けば、眉《まゆ》をつり上げた蒼君ではないか。

「小響、一人でなにをしている?」

どうしてここに? という視線を芙蓉が向けると、蒼君はため息交じりに怒気をおさめた。

「李功が道でお前の車を見かけた」

「そ、そうでしたか」

「こんな朝早くに出かけるなど不審だ。連絡を受けて急いで来てみれば――まったく、一人でなにをしている？」

「……宮人は火傷をしています。薬を買いに来るのではと思って見張っていたんです」

「小響、事件に関わることは先に俺に相談してくれ。危ないことを一人でするな」

「報告はするつもりでした。でも今はまだ朝で、未の刻になっていませんから……それで僕は……」

言い訳がましく『神仙太乙膏』の説明を始めた芙蓉の横に蒼君は座り、麺を一杯注文した。こんな庶民の店で優雅な蒼君は浮いていたが、本人は全く意に介さずに、出て来た麺を黙々と食べている。ただ、ずっと黙っているので、芙蓉は落ち着きを失い、終《しま》いには自分の方から非を認めてしまった。

「申し訳ありません……相国寺周辺はよく知っている街なので安全だと思ったんです」

「それでも一言言って欲しかった」

過保護だと思ったが、確かに蒼君が心配するのは当然だ。昨日は質庫《しちや》が殺されたのだから。

「軽率でした。反省しています」

「わかったならいい。ほら、包子《パオズ》もきた。熱いから気をつけて食べろよ」

「はい」

「だが、目星はいい。魏成完が薬を買いに来る可能性は高い。ヤツは武官だ。傷薬には詳しいはずだ。皮膚疾患に効く『神仙太乙膏』を知っていた可能性は多いにある」

しかし結局、魏成完とおぼしき男は店に現れなかった。日が沈みかけ、そろそろ引き上げようかと蒼君が提案した時だった。

そこに後ろを気にするように歩く、笠《かさ》を被った男が現れた。足取りは速く、きびきびとしている。武官なのは間違いない身のこなしで、腰には剣が一振りあった。しかも背丈が大きい。それは、いくら身を屈《かが》めていても隠しようがない。

「魏成完だ」

「そのようですね……」

芙蓉と蒼君は声を潜めた。

5

「つけましょう」

「ああ、行こう」

店から魏成完が出て来ると小響が腰を浮かせた。

蒼君もすぐにそれに続く。彼女は袍《ほう》の裾《すそ》を翻して人混みへと紛れ、まっすぐに相国寺を東に進む魏成完を追う。長身の蒼君はできるだけ目立たないように扇子で顔を隠しながら、店先に並ぶものを見ているふうを装って歩いた。

そして繁華な道を過ぎると、魏成完は南に道を曲がった。竹竿《たけざお》など生活品が並ぶ市をいくつか回り、清潔な木綿の布や女ものの古着、履きやすそうな革靴などを買っていた。船賃を惜しんだのか、内城を出ると河沿いをひたすら歩き、虹橋《こうきょう》を越える。後ろを気にしながら歩いていく頃にはもう日が完全に落ちていて、初更（午後七時頃）の鐘の音が遠くからした。

「どこにいく気でしょうか」

「さあな。来たことのない場所だ……」

魏成完の足は次第に葦《あし》が生えるだけの寂しい場所にたどり着いた。橋の下では行き所のない民が、竹や木で編んだ屋根に藁《わら》や草を敷いた小屋で寝ている。そんな掘っ立て小屋は三十ほども並んでおり、ここがいわゆる棚戸区（スラム街）であることがわかった。

先日、尉遅力に連れて行かれた違法地帯とはまた違う、危険でどんよりとした気配に包まれていた。蒼君は小響を背に隠した。夕餉《ゆうげ》時なのに煮炊きする煙はなく、赤子が泣く声ばかりなのもものの悲しい。

魏成完はそんな橋下を顧みることもなく通り過ぎると、景徳寺《けいとくじ》と寺額のある門の階段を駆け上がって行った。屋根が歪《ゆが》み瓦《かわら》がうねっている。どうやら、廃寺のようだ。

「ここに冉茗児が隠れているんでしょうか……」

「おそらく……」

蒼君は小響の腕を引いてしばらく門の陰で様子を窺《うかが》った。

「行ってみよう」

魏成完が寺の中に入ったのを確かめると、芙蓉と蒼君、そして李功の三人は階段を上った。そして魏成完が本堂ではなく、僧侶《そうりょ》たちが住んでいたであろう裏手の僧房に入ったのを見ると、追いかける。草が石畳の間から生えているような廃れた場所だ。漆が剝《は》げ、曲がった扉の向こうから若い男女の声が聞こえた。

「具合はどうですか、茗児さん」

「ええ……なんとか大丈夫です」

「先日の薬を買ってきました。きっとすぐに良くなります」

やはり冉茗児がいるらしい。疑念が確信に変わると、蒼君が李功に目配せする。少し戸を押すと開いた。閂《かんぬき》はかけられていない。中にいるのは二人の男女だけだ。

「あれは冉茗児に間違いはありません」

小響が断言する。

「行くぞ」

小響と李功が後ろで頷《うなず》いた。

そして、パンと音を立てて蒼君は戸を足で蹴《け》り開けた。

すると、部屋の奥の男女が灯《あか》りに照らされ、牀《ベッド》に横たわる女がこちらを見て大きく目を見開く。小柄で丸顔、少し吊《つ》り目なので気が強そうに見えた。火事の名残か、足に白い布を巻き、まだ煤《すす》に汚れた顔をしている。部屋は椅子や机が倒れたままで、埃《ほこり》っぽかった。

「冉茗児と魏成完だな！」

「…………」

魏成完が剣に手を伸ばす。小響がすかさず叫んだ。

「後宮に戻らなくては大変なことになります。家族も罰せられます！」

冉茗児と思われる女は牀の上で力なく横たわっていたが、半身を起こして言った。

「今から帰っても同じです。武官と宮人の恋は禁忌。もとより覚悟はできています。私と魏武官さまは愛し合っています。どうか二人で逃げることをお許しください」

「そんなことできようはずはない」

蒼君は断固として言った。冉茗児を逃がせば、小響が困ることになる。引いては皇太后、皇帝陛下の立場も悪くなる。

「皇城司も追っている。捕まる前に一緒に来るのだな！」

しかし、魏成完は剣を抜いた。蒼君は飛び退《しさ》り、李功が前に出て切っ先を弾《はじ》いたが、かなりの腕前とみえる。李功を翻弄《ほんろう》した。

「早く逃げてください、茗児さん！」

魏成完が盾となり、冉茗児を逃がそうとした。脚を引きずりながら裏戸から建物の外に出た冉茗児を捕まえようと小響が後を追う。彼女は逃げる宮人の襟首を摑《つか》んだが、それは容易に払われてしまった。小響ほどの、武術の達人の腕を払うとは——もしや、冉茗児も心得があるのではないか。

「小響！」

蒼君はそう叫び、小響を追いかける。

満月の夜だった。月明かりの中で蒼君が問うた。

「冉茗児、お前は何者だ」

が、答えはない。ただ黙ってこちらを睨《にら》み、両足をしっかりと開いて腕を構える。武術を習ったことのある者の構えだ。脚は痛そうで立っているのすら辛いだろうに気構えだけで戦う姿勢をみせている。

そこへ大きな音とともに、戸が破られ、建物の中で戦っていた二人のうち、李功の蹴りを食らったであろう魏成完が階段を転がりながら裏庭に投げ出された。彼は痛む腕を庇《かば》いつつ、冉茗児を見た。

「大丈夫ですか、茗児さん！」

「え、ええ……」

小響が前へ出ようとすると、茗児が阻んだ。軽やかに動く小響だが、もともとの腕前は茗児の方が遥《はる》かに上なのだろう。脚が悪い女を捕まえられない。李功は李功でまだ抵抗する魏成完を相手にしていてこちらにまで手が回らない。蒼君は小響の前へ出て、冉茗児と対しようとした。

だが――。

「何か」を感じた。

視線だとわかったのはその後だ。そして風を切るような音を聞いた。矢だとわかった時、蒼君は後ろを振り向いた。矢は本堂の陰から飛んで来た。

「小響！　矢だ！」

身軽な小響はその声で首をさっと後ろにして鼻のすれすれで避《よ》けた。しかし間髪を容《い》れずに次の矢が放たれる。

「小響！」

しかし、それは彼女を狙ったものではなかった。冉茗児を狙ったものだ。とっさに体を動かしたのは、魏成完。彼は冉茗児を背中に隠すと自分の左胸で矢を受け止めた。

「魏武官さま！」

冉茗児の悲鳴のような声が響いたが、魏成完は血を口から吐き、冉茗児に手を伸ばすと、その頬を撫《な》で「茗児さ、ん……」と呟《つぶや》いた。

「ぶ、無事でよ、よかった、茗児さん……」

「魏武官さま……」

「わ、私のことはい、いのです。早く――早く逃げて、く、だ、さい……」

それでも冉茗児は魏成完の手を取った。冉茗児は涙をこぼし抱きしめる。

「だめ、お願い、死なないで……私を置いていかないで――」

「い、いつ、か、ま、また……らいせで……」

魏成完は、もっと彼女に言葉を残そうとした。しかし、見つめ合ったままだった彼の瞳《ひとみ》は急に光を映さなくなり、手から力がすとんと抜けた。事切れたのだ。

「一体――」

啞然《あぜん》とした蒼君だったが、次々に矢が飛んでくるではないか。柱を貫く音がし、また歪んだ石畳の間にも矢が刺さる。蒼君は小響を連れて木に隠れた。連続して射る腕は確かで、隠れた樫《かし》の木にも何本も刺さった。夜目が利く射手のようだ。

「李功！」

蒼君が言うと、李功が走って射手を追った。

一瞬だけ、逃げて行く射手《た》が月影に照らされて見えた。背丈が六尺ほどの細身の男で、走る足取りが軽い。武術に長けた者のようだ。

その時――。よろよろと血で顔を染めた冉茗児が放心した面持ちで立ち上がったかと思うと、魏成完が落とした剣を拾い上げたのだ。蒼君は小響が襲われるのではと恐れた。

「もう逃げ場はない。観念して皇太后さまのお慈悲を乞《こ》え」

蒼君は落ち着かせようとそう言ったが、相手はにこりとした。

――なにを……。

そう思ったとき、冉茗児は自分の胸に剣を当てた。小響が走り出す。

「危ない！」

小響は冉茗児の前へと躍り出て、その手首を捕らえ止めようとしたが、既に切っ先は胸に当たっている。小響が蒼君に叫んだ。

「わずかに心の臓をはずしています！」

冉茗児が倒れるのを受け止めながら、小響は蒼君に助けを求めた。見れば確かに胸ではなく鳩尾《みぞおち》の上を突いたようであるし、傷は思ったより浅い。

「死なない可能性はあるな」

「医者を呼んできます」

「いや、李功がすぐに戻って来る。それまで待った方がいい。中に魏成完が買った麻布などがある。応急手当をしよう」

小響はすぐに冉茗児の足首を持ち、蒼君は脇を摑んで廃寺の中に入れた。牀はあっという間に血だらけになったが、なんとか止血できた。

「一命は取り留めたようです」

李功が帰って来てからすぐに呼び出された医者が、汗を拭《ぬぐ》いながらそう言ったのは、もうどっぷりと夜が更けた頃だった。三更（午後十一時頃）近いか。更夫《こうふ》と呼ばれる夜回りの男たちが叩《たた》く拍子木が聞こえた。蒼君は目配せして中庭に李功と共に出た。

「射手の顔は見たか」

「通りに出て明るくなったところで一瞬見ました。別段特徴のある顔ではなく丸顔でならず者ではありません。顔に赤い痣《あざ》がありました」

そこへ、井戸で手を洗って戻って来た小響が疲れた顔を見せた。

「なるほどな」

——皇太后さまはさぞや小響のことをご心配だろう……。

生き残った冉茗児は、目が覚めている時は泣くでもなく、ただぼんやりと天井を眺めながら痛みに耐えていて、放心しているように見えた。とても事情が話せる状況ではない。

しかし、二人の間に愛があったという証拠は出てきた。

李功があの後、魏成完の屋敷から恋文を押収してきたのだ。永遠を誓う言葉、どこか遠くに逃げて、二人だけで小さな田畑を耕す未来への夢、ただ見かけただけで躍る心などが綴《つづ》られていた。

——魏成完が死んだ今、重傷の冉茗児だけが詳しい事情を知っているはずだ……。

ただ回復を待たなければならないし、一瞬、見せた武術の身のこなしは疑いを深めた。

なにより、蒼君は射手が気になった。男が逃げた山の方へと目を向け、李功が拾って来た弓矢を手に取る。弣《ゆづか》の巻きが逆だった。

「左利き？」

蒼君はいつもと反対の手で矢を射る真似をした。

6

「これで芙蓉の疑いは晴れたな」

晴れやかな言葉を芙蓉が皇太后から頂いたのは、皇后の居所、坤寧殿で国母は顔をひきつらせながらも、なんとか微笑んでいた。

「恐悦至極に存じます」

芙蓉は頭を下げげつつ、坤寧殿を見る。また模様替えをしたのか、鳳凰《ほうおう》の刺繍《ししゅう》をした衝立《ついたて》てやら、金でできた桃の形の香炉が一対飾られ、「大圓寶鏡」などと書かれた額が壁に掛けられている。そしてさほど信心深いわけでもないのに象牙《ぞうげ》の仏舎利塔の置物があった。

「そう思わぬか、皇后？」

「…………」

「冷宮の宮人が武官と恋に落ち、火事に乗じて宮殿から逃げた。芙蓉にはなんの関わりもない話だった」

「しかしながら、芙蓉嬢の轎《かご》が使われたのは事実。責任は逃れられません」

皇后はこの期に及んでも芙蓉を追い詰めようとした。皇太后が「やさしく」皇后に微笑んだ。

「たしか、魯淑妃の生活全般に関して任されていたのは皇后、そなたではなかったのか。宮人が逃げたことは本来は誰が責任を持つべきなのやら。聞けば、冉茗児を冷宮の配属に決めたのは、そなただったとか？」

そう言われては、逃げようもない。皇后は自分の罪を芙蓉の罪にすり替えて皇太后を責めようとした。それが今回、芙蓉の無実が「皇城司」によって暴かれたので、皇后は窮地に陥っていた——ことすら、今の今までこの人は気づいていなかったのだから救いようがない。

「そ、そうですわね。芙蓉嬢の無実が証明されたことは喜ばしいことです、皇太后さま」

皇后は慌てて頷《うなず》く。

「うむ」

「芙蓉嬢にはつまらぬ嫌疑をかけてしまいましたわ……許してね」

喉《のど》の奥から絞り出すように皇后は謝罪の言葉を発した。

本心からの謝罪ではなかったにしろ、あの気位の高い皇后からそれだけ言ってもらえれば、芙蓉も満足だ。「いえ、とんでもないことでございます」と謙遜《けんそん》してみせ、お詫《わ》びの品に翡翠《ひすい》の腕輪をもらって引き上げた。

「まったく腹が立つのぉ」

皇太后は皇后の態度が不十分だと思ったのか、そう言った。

坤寧殿からの道すがら「少し歩こうか」となり芙蓉と皇太后は庭を散策することにし

た。東屋《あずまや》で休憩を取って座った後も、皇太后は機嫌が悪かったが、女官が赤漆の小箱を持ってくると、思い出したかのように芙蓉に手渡した。

「魯淑妃の形見じゃ」

「魯淑妃の？」

芙蓉は怪訝《けげん》な顔になる。火事で突然死んだ、魯淑妃がどうして形見を自分に分けるのだろうかと。

「魯淑妃はもう長くはなかった。親しくしていた者たちに生前、形見を配ったようだが――皆、罪人からの贈り物を断ったらしい」

「でも――どうしてわたしに？」

「目上のわたくしに形見分けをするのは礼に反すると思ったのかもしれぬし、そなたは魯淑妃が起こした事件の時に止めた人物じゃ。事前に思いを聞いた唯一の者でもあったから、なにか渡したいと思ったのかもしれぬな」

芙蓉は箱を重く感じた。装飾品が入っているのは開かずともわかる。皆から断られた品々が入っているのだろう。一つ二つではない。

「もらっていいのでしょうか」

芙蓉は正直戸惑った。箱の蓋《ふた》の部分には、鶴が二羽翼を広げ、中心に「囍」の文字がある。縁起は良さそうだが、魯淑妃からの贈り物……気乗りはしなかった。

「そうせよ。金に換えてもいいものだし、思い出に取っておくのもよし、使用人に褒美として与えるのもよし」

芙蓉は茶を皇太后の茶盞《ちゃさん》に注いだ。

「そうですね」

積極的に欲しいとは思わなかったが、魯淑妃との因縁はまだ切れていないのだろう。箱を自分の脇に置いた。

「それにしても魏成完を殺した射手は誰だったのでしょうか」

「それは皇帝陛下の手の者たちに任せよ。皇城司はそのためにいる」

皇帝の秘密の機関、皇城司。皇帝の直接の命令で動く調査機関である。今回の件も芙蓉と蒼君ではなく皇城司が手柄を立てたことになっている。冉茗児の身柄も皇城司の牢《ろう》に引き渡されて厳重に管理されていた。

目を遠くに向ければ、妃嬪《ひひん》たち三人ばかりが築山《つきやま》の下で投壺《とうこ》をして遊んでいた。矢を壺に投げてどちらが多く入ったか競う遊びだ。もう五月も半ば。深緑の衣が軽やかで、濃紺にわずかに覗《のぞ》く白色がクチナシの花を思わせる。

「よい眺めですね」

「若い妃嬪たちはまだ後宮に慣れておらぬ。無邪気なものだ」

華美な衣に美食、上品な会話に見たこともないような飾りもの。ここで手に入らないものはない。欲は無限であるが、目の前の二十そこらの妃嬪たちにはまだ関係のないものなのかもしれなかった。

「日常が戻ってよかったです」

「冷宮もすぐに更地になり、新たな建物が建つだろう。なにもなかったことになるには一年もいらないだろうのぉ」

「御意」

「どうぞ」

宮人が茶のおかわりを持って来た。皇太后はそれを見もせずに「うむ」と茶盞を置いたが、芙蓉は宮人の顔を仰ぎ見た。知らない顔だった。慶寿殿には百人近い者が働いているけれど、顔と名前を覚えるのが得意な芙蓉の知らない顔なので、首を傾げる。

「新しい子ですか、皇太后さま？」

皇太后は口にしかけていた茶盞をふと止めて、宮人を見た。

「誰じゃ」

顔を伏せていた宮人だったが、さっと背を向けて逃げようとした。築山の下で待機していた劉公公がすぐに止めるようにと指図したが、それより先に芙蓉は立ち上がり、後ろから女の背に蹴《け》りを入れた。階段を転がる女——中腹で止まると、キッとこちらを睨《にら》んだ。かと思うと「うっ」と悶絶《もんぜつ》の声を漏らしたまま唇から血を流す。

——毒？

服毒したのだ。口を割らないために。

——皇太后さまを狙った刺客だわ……。

こんな身近にまで危険が迫っている。芙蓉は胸の動悸《どうき》をどうすることもできずに手で押さえ、平穏に見えた日常が急に様変わりしたことに気づいた。

──なにも終わってはいない。

芙蓉の手が小刻みに震えた。

第三章　婚約

1

事件の真相解明が硬直していたある日——。

芙蓉がいつものように行儀見習いのため後宮に参内し、慶寿殿の門を潜ると、皇太后付きの女官たち数名が、一様に明るい顔で芙蓉に言祝《ことほ》いだ。

「おめでとうございます」

「ええっと？　なにがそんなにおめでたいの？」

「ご結婚がお決まりになったと伺いました」

「え?!」

女官たちは、いろいろと祝いの言葉を述べていたが、芙蓉の耳には届かなかった。結婚の話などとんでもない。今まで独り身だったのも、政略結婚などご免だからだったし、父親が辺境に出兵している今、親の許可なしに結婚など、皇太后といえども強要できないはずではないか。

「皇太后さま！」

挨拶《あいさつ》もそこそこに芙蓉が、皇太后の私室に行けば、黄金の絹の座布団に座る大叔母《おおおば》が「来たな」という顔をしてこちらを見た。

「わたしが結婚するというのはどういうことですか。聞いておりません！」

「言っておらぬのだから、聞いていないのは当然であろう」

「父の許可なしに結婚などとんでもないことです」

「許可なら、ほら、この通り」

皇太后は文をひらひらと宙に浮かす。芙蓉は無礼など考えずにひったくると、その中身を読んだ。父は芙蓉の結婚相手に満足し、皇太后の過分の配慮に感謝している旨を書いて寄こしていた。

「皇太后さま！」

「なにを慌てている。そなたは当代一の花嫁になるのじゃ」

「相手は誰ですか?!」

「ふふふ」

皇太后はもったいぶって笑う。芙蓉は誰でもどうでもよかったが、相手次第では難癖をつけられると思ってさらに訊《たず》ねる。

「誰ですか。教えてください！」

皇太后は袖《そで》を直し、背筋を正してから言った。

「皇帝陛下の末の弟、河南王じゃ」

「皇弟殿下？」

たしかにこれ以上ない縁談だ。息子と変わらぬ年の弟を皇帝陛下は特に可愛がっているし、多才でも有名だ。だが、少々遊びすぎという噂がある。芙蓉はそこを突けると確信した。

「皇弟殿下は遊び人というお噂です。妓楼《ぎろう》にもよくいらっしゃるとか」

「皇族の男は往々にしてそういうものだ」

蒼君は違うといいかけて、芙蓉は言葉を呑《の》んだ。いらない誤解を与えてはならない。

「わたしはまだ結婚するつもりはありません。もう少しだけ時間をください」

「心配することはない。河南王はそなたを東華門で見かけて恋に落ちたという。結婚後は妓楼にも通わず、側室も持たずにそなただけを愛するのだとわたくしに誓った」

皇太后に誓って感動させずに、芙蓉に言うのが筋であろうと思ったが、もう皇太后の腹は決まったようだ。芙蓉は首を激しく振りながら、皇太后の手を握った。

「もう少し、自由の身でいたいんです。どうか、この結婚話は取りやめにしてください」

「これ以上の良縁はもうないだろう。それにそなたは河南王を見ていない。相当の美男だぞ。そなたもよい話をわたくしが持って来たと喜ぶに決まっている」

会ったこともない人と結婚するなど、たとえ美男でも芙蓉は嫌だった。どんな人物かわからない。優しそうに見えて、本当は冷たい性格かもしれないし、熱しやすく冷めやすいかもしれない。子ができなければ、約束など反故《ほご》にして、側室を持つように芙蓉から言わせるような卑怯《ひきょう》な相手かも知れなかった。

「芙蓉。わがままは大概にせよ」

「わがままではありません。これはわたしの一生の問題なのですから」

「うむ……」

「一度、屋敷に帰ってもよろしいでしょうか。お祖父《じい》さまから直接話を聞きたいので」

「それがよい。そうせよ」

芙蓉はそんなわけだから、今度は祖父を説得しようと後宮を退出し、自邸へと向かった。丞相である祖父が反対すれば、皇太后も考えを変えるかもと思ったのだ。

しかし、屋敷に着くと赤い長持を持った一向が門前に連なっているではないか。

――結納品だ……。

芙蓉は真っ青になる。これを受け取ったら結婚を承諾したことになる。慌てて、門を潜って前庭に行けば、祖父が満足そうに白髭《しらひげ》を撫《な》でながら、目録を受け取っているところだった。

「お祖父さま！」

「おうおう、芙蓉。見よ、この結納品の数々を。これほど贈られるなどそうそうないぞ」

使用人もこぞって笑顔だ。開かれた長持の中にはまばゆいばかりの金が敷き詰められており、真珠や髪飾り、絹に高価な飾り物などがあった。

「お祖父さま！　わたしに内緒でこんなのひどいです」

「相談すれば、なんやかんやと理由をつけて断るだろう？　皇弟の妃《きさき》だ。なんとめでたい結婚だ」

「お祖父さま！」

こちらも皇太后並みに、これが麗京一の縁組みだと思っている様子だ。たしかに、冷静に条件だけを考えれば、そうかもしれない。相手は皇弟で裕福で芙蓉は王妃になる。これからは麗京のほとんどの人に頭を下げる必要がなくなる。しかし、それでいいのか。

「ぜったいにご免です」

そこに高々と声が上がった。

「皇弟殿下のおなぁりぃ」

どうやら本人のお出ましのようだ。芙蓉は門の方を、髪を揺らして振り返った。そしてはっとした。

——美男だ……。

文句のつけようのない麗しい男だった。翡翠《ひすい》の小冠に涼やかな藍色《あいいろ》の衣を着、長い衣をさばく足は蓮《はす》の葉の上を歩いているよう。背丈も高くすらりとしており、顔は女人かと見まがうほど整っている。鼻は高く、瞳《ひとみ》は大きく、均整が取れている。眉《まゆ》はすうっと伸びて笑顔は眩《まぶ》しいばかり。

「丞相にご挨拶を――」

拱手《きょうしゅ》しようとした皇弟殿下を丞相である祖父が慌てて止めた。

「挨拶などとんでもない。こちらこそ、わざわざおいでくださり恐悦に存ずる」

そして皇弟殿下の目が芙蓉の方にゆっくりと向いた。笑顔が優しく、豊かな黒い髪の一房が風に揺れて香が漂えば、女なら誰しも恋に落ちるだろう。

「ご挨拶いたします」

「孫の芙蓉です」

「この度は突然の申し入れに驚かれたと思いますが、快諾いただき嬉《うれ》しいかぎりです」

言葉も丁寧だったが、まだ快諾などしていない。勝手にそうされたのだ。

「いえ……あの！」

芙蓉は声を上げようとした。しかし、相手の方が先に口を開く。

「後宮によく上がられているのを東華門で見たのです。それで一目ぼれで……『麗京一の芙蓉の花』、噂は本当だったのですね」

「そ、そうじゃなくて――」

しかし、祖父は芙蓉に話させまいと、どんどんと皇弟殿下を屋敷の中に引き入れて、芙蓉を同席させまいとした。芙蓉は話を聞こうと茶を淹《い》れたが、「わたくしが」と祖父付きの侍女が持っていってしまう。

結婚話は芙蓉の知らないところで勝手に決まってしまおうとしていた。

それでも——芙蓉と蓮蓮はこっそりと建物の裏に回って、聞き耳を立てる。くしゃみをしそうになった芙蓉の口を蓮蓮が押さえたのでなんとか呑み込めた。少しだけ窓を開けて耳を澄ませば、こんな会話が聞こえた。

「芙蓉嬢は皇太后陛下から行儀見習いをしているとか」

「さようさよう」

「私は妻には保守的な人がいいと思っているのです。王府の家政を任せられる人が」

「芙蓉は算籌《そろばん》にも明るい。なにも心配されることはありませぬ」

「私は風流事が好きで、琴と笛で合奏したり、絵を描いたり、刺繍《ししゅう》などを衣にしてくれたら嬉しいかぎりです」

「あ……ははは……さようで……」

祖父が脂汗をかき始めた。

芙蓉は剣を振り、学問をする男勝りな性格だ。刺繍などしないし、心得はあっても琴も絵も町歩きほど好きではない。皇弟殿下の希望に添えないのは明らかだ。

——この人と結婚したら今みたいな生活はできなくなる。屋敷の中から出られずにひたすら夫の帰りを待つ人生が待っている……。

——そんな窮屈な生活は絶対に嫌！　たとえ、絶世の美男子だったとしてもよ！

芙蓉はその場から飛び出し、母屋《おもや》の裏にめぐらされた池にかかる橋を越えて庭に入った。竹や木々が植えられた中に立つ読書堂の前まで行くと子供の頃につくってもらった鞦韆《ブランコ》に座った。ぷらぷらと揺らしているうちに、厄介なことになったとため息が出る。文人趣味の庭を流れる川のせせらぎは、芙蓉を癒やしてくれるけれど、よい打開策をもたらしてはくれない。

「お嬢さま……」

蓮蓮が案じ顔で芙蓉に声をかけた。

「この結婚はやっぱり断るわ。わたしにはまだまだやりたいことがあるし、火事の調査だって、婚礼の詳細が決まればどうせ止めろって言われる。そんなことは受け入れられないし、今は結婚のことに悩んでなんていられない」

「もちろんですわ」

「お祖父さまや皇太后さまを悲しませたくないけれど、こればかりは譲れない。火事の事件がとても大きな問題なのは間違いないもの。今はそちらに集中したい」

芙蓉は青空を見上げた。突き抜けるような青い色だ。その色を見ると気持ちが冷静になった。なにも狼狽《うろた》えることはない。話して分からないことなどないのだから。

──そうだ。今なら、まだ間に合うかもしれない！

芙蓉はすぐに来た道を戻るべく走り出した。

──結婚しないと皇弟殿下にちゃんと言おう！

芙蓉は息を切らせて屋敷を横断したが、悲しいかな──皇弟殿下の馬車はちょうど出発して門から消えていくところだった。門前まで見送った祖父が、にこやかに言う。

「そなたに会いたそうにしておられたぞ」

「……………」

芙蓉は祖父に頭を下げると、屋敷に寄宿している武官たちが弓を持って、目の前を横切っていくのを見た。最近、弓を射ていない。こういう時こそ、なにかに集中すれば、いい案が浮かぶかもしれない。芙蓉は袖《そで》をめくった。

「芙蓉！　矢など射ていないで花嫁修業をせよ！」

祖父の声は聞こえたが、そんなのはどうでもよかった。そして屋敷の北西にある弓場に行くと、後宮帰りの長い袖の衣のまま矢を何本も射ていた。初めこそはずしていた矢も次第に真ん中を貫くようになる。集中力が上がれば、嫌なことも忘れられ、脳裏が冴《さ》えてくる。

「どうしたんだ、お嬢は？」

「結婚話があるそうだ」

「皇弟殿下のどこが不満だ？　あんな完璧《かんぺき》な人はいない」

「女癖が悪いからじゃないか」

「女癖というより、女の方がほっておかないという方が正しいんだろうなぁ」

順番を待っている武官たち五人がつまらぬおしゃべりさえしなければ、百発百中だろう。芙蓉は矢が再び当たらなくなり出すと手を止めた。

「交代よ」

蓮蓮から手渡された手巾《しゅきん》で汗を拭《ふ》きながら、芙蓉は場を武官の一人に譲ってやった。お嬢さまの酔狂のせいで練習時間が削られると案じていたらしい武官たちは一様にほっとした顔をして、仲間が射だしたのを見つめながら、また別の話を始める。

「武科で今年、一位になった男の話は聞いたか」

「あ？　たしか兵部尚書の息子だったような？」

「そうだ。そいつだ。たしか——南盟宣《なんめいせん》。南太儀の兄だから出世間違いなしだろうな。羨《うらや》ましいことだ」

どうやら、南太儀の兄についての噂話らしい。芙蓉は聞いていないふりをしながら耳を澄ます。

「そいつがなんだ？」

「両方いけるらしい」

「なにが？」

「だから弓の話だ。右手でも左手でも上手いらしい」

「へぇ」

聞いていた一人が腕を組む。

「武科ではもちろん右手で射たようだが、聞いた話では左の方が上手いらしいぞ」

「馬鹿な、右でも他を圧倒した腕前だと聞くのに」

芙蓉は手巾を盆の上に置いてその場を去った。そしてこの屋敷にいても心地《ここち》好《よ》い居場所はないと思う。女たちは結婚の話で大盛り上がり、男たちは出世の嫉妬《しっと》を隠さない。芙蓉は男装することにした。こういう時は街に出るに限る。

「蓮蓮、屋敷から出られるかな？」

「どうされたのですか」

「蒼君さまはまだ皇太后さまが毒殺されかけたことを知らないはず。お知らせしないと」

「確かにそうですね……」

いつもの蓮蓮なら、今日のようなドタバタした日に出かけるのは反対するのだが、芙蓉の様子がいつもと違うので明るい笑顔を作ってくれた。自分が後から叱られるのも厭《いと》わない優しい笑顔だった。

「行きましょう、お嬢さま」

芙蓉は蓮蓮のやさしさに感謝した。

2

蒼君は街へと出ていた。

魏成完を殺した射手はちらりと見た限りだったが、左利きのようだったからだ。距離があったにもかかわらず、左胸に当てた。かなりの遣い手だと言っていい。

――尉遅力の賭《か》け矢で見た男と同一人物ではないか……。

左で矢を射る人間は少ない。そもそも道具が右手を利き手にするようにできている。だが、弓を特注すれば不可能ではない。

蒼君は尉遅力の家に行こうと李功を連れて出かけたが、近くの金梁橋の袂《たもと》で探し人を見つけた。

「尉遅力」

「これはこれは、蒼君さまではありませんか。今日は、小響坊ちゃんはいらっしゃらないんですか」

ちょうど、尉遅力が賭け矢を街角で催しているところで、本人もその場にいて取り仕切っていた。ただ、蒼君だけでは面倒だと顔に書いてあり、拱手《きょうしゅ》すらしなかった。

「聞きたいことがあって来た」

「はぁ」

態度が少し横柄だったのだろうか、尉遅力は忙しそうに気のない返事をした。小響から庶民にも礼をつくさなければならないと学んだのに、ついつい皇子らしい口ぶりになってしまうのは自分のよくないところだ。蒼君は言い直した。

「頼みがあってきた……ついては教えてくれないか」

少しぎこちなく言うと、尉遅力がこちらを見た。

「今忙しくてね」

尉遅力に蒼君を助ける気はなさそうだ。部下のところに行って、金の勘定に余念がない。

——どうしたものか。

尉遅力は、こちらに背を向け、蒼君を見ることすらしない。

「蒼君さまではありませんか」

そこに陽射しに頰を照らした男装の小響が現れた。

「小響、どうしたんだ？」

「尉遅力さんを探しに来たんです」

「尉遅力を？」

「蒼君さまは？」

「まぁ、気になることがあったんだ」

蒼君は例の魏成完を殺した射手が左手だったような気がしたこと、そしてここで左手の名手を見たことも告げる。すると小響が顎《あご》に手を置き考え始めた。

「実は、左手の射手の噂なら僕も武官たちから聞いたんです。今年の武科挙に一番で合格した人を知っていますか？」

蒼君は首を横に振った。文官の科挙なら興味があるが、武科はさほど政治に大きく影響があるわけではない。特に気を配っていなかった。

「南太儀の兄上で兵部尚書の子息が一位になって、弓の名手らしいんです」

「だが、武科では左手を使えないだろう？　規定に反している」

「それが両方できるらしいのです。しかも、本当は左の方が得意だとか」

蒼君は目を見開く。しかし、小響はそんな彼を置いて忙しそうにしている尉遅力の方へと歩いて行き、丁寧に拱手すると連れて来た。蒼君にはあの態度だったのに、小響が来ると嬉《うれ》しそうにする。嫌な奴だと蒼君は思った。

「どうしたんですか、小響の坊ちゃん」

「尉遅力さん。その坊ちゃんというのはどうも慣れません。小響と呼んでください。もう友達ではありませんか」

「無礼ではありませんか？」

「とんでもない。その方が、親しみがあっていいんです」

小響はにこやかに言ったが、蒼君は心がもやりとした。小響を小響と呼べるのは自分だけなのに、この男にもそれを許すのかと。しかし、そんなことは言えない。ぐっと我慢する。

「それで小響は、今日はどうしたんです？」

「それが、矢の名手を探しているんです」

「それは奇遇ですね、おれもですよ。良ければ今日も射って行ってください。先日はかなり儲《もう》けさせていただきましたからね」

「いえ、賭けの話ではなく、先日ここにいた、左利きの方です。どこのだれかご存じではありませんか」

　尉遅力は腕を組んだ。

「ここに来るのに名乗る必要はありませんからね。腕に自信があれば弓を取る。それだけです。でも、おれが見た限り、いいところの若さまでしょうね。身をやつしていましたが、所作が庶民じゃありませんよ」

「なるほど」

　小響が蒼君を振り返った。

「僕の見立ては当たっているかもしれませんね。違いますか」

「だが……なぜ南兵部尚書の息子が――」

　そこが解せぬところだった。武科で首席を取り将来も約束されているような人間が刺客まがいのことをする必要もないし、貴族の御曹司が、賭け矢をして金を稼ぐのも信じられない。

「蒼君さまは顔を見たのですか」

「李功がちらりと見た。右の目の下に痣《あざ》があったようだ」

　尉遅力がこめかみを指で押さえながら言う。

「うちに来た野郎もたしか痣があったような……しかし、兵部尚書の若さまのお噂なら知っていますよ。よくうちの妓楼《ぎろう》においでで、ツケを溜《た》めていらっしゃいますからね。南太儀の兄というのが自慢の種らしいです」

　迷惑そうに尉遅力は言った。

「どこの妓楼ですか」

「建院街《けんいんがい》の一夢楼《いちむろう》ですよ。毎晩のようにお越しらしいですからね。今夜も来るでしょう」

「ありがとうございます」

小響が礼を言い、蒼君の袖《そで》を引っ張った。

「では、その南太儀の兄上という人を見に行ってみませんか。似ているかどうかくらいはわかるでしょう？」

「そうだな。行ってみようか……」

李功とて一瞬見ただけだが、小響の誘いを断る気になれない。蒼君は頷《うなず》き、今までしなかった尉遅力への拱手をしてその場を去った。すると、歩きながら、横で小響が片目を瞑《つぶ》って見せる。

「なんだ？」

「いえ、いつから尉遅力さんに拱手するようになったのかと思ったんです。仲良くなって良かったです」

「お前が教えてくれたんだ。敬意は誰にでも示すべきだとね」

「僕が？　いつ？」

「自然とそうしている」

小響はただ微笑した。蒼君は彼女がいつもより元気がないことに気づいた。なにかあったのか。訊《たず》ねようとして先に小響が口を開いた。

「あの、実はどうしても知らせなければならないことがあって、未《ひつじ》の刻に会えるように酒楼の旗の色を変えるように命じてあったのです。ここでお会いできてよかった」

「何かあったのか」

蒼君が訊ねると、小響があたりを見回してから小声になる。

「先日、皇太后さまが毒殺されかけたのです」

「なんだと⁉」

「気づいたのでよかったのですが、危ういところでし——だったようです」

蒼君は声を失い、後宮で一体なにが起こったのか小響を問い詰めた。

「いったいどうして」

「皇太后さまに見知らぬ宮人が茶をもって来たらしいんです。それを気づいて止めたら、その刺客は服毒して自害したんです」

「……なんという……」

「間一髪だったらしいです」

蒼君は言葉を失う。しかし、皇太后はそれを伏せさせたらしい。大きな問題にして後宮に波風を立てたくなかったのと、犯人を密かに調べるためのようだ。まだ皇帝も知らないというのだから、大事だった。

「調査はどこまで進んでいるんだ」

「僕は関わっていないのでなんとも。しかし、女はどうも玄人の刺客で身元を表すものは、なにももっておらず、死んでいるのもあって簡単な調査にはならないでしょう。真相は、たぶん闇の中に消えることになると思います」

「あってはならないことだ」

蒼君はそう呟《つぶや》いた。小響も同じ考えのようで肩を落とす。

「とにかく、僕たちはその方面から調査ができないので、左手の弓の名手を探しましょう」

「そうだな」

二人は妓楼に急いだ。


「ここですね」

建院街は小響の住む東華門近くの繁華街であるので、彼女は迷うことなく妓楼の前に立った。既に夕暮れ時。小響の腹がぎゅうっとなる。

「じゃ、中に――」

と言いかけて、小響が困ったなという顔でこちらを見た。蒼君の足がぴたりと止まったまま動かなかったからだ。若い妓女たちが既に店の前に立ち、客引きをして、男たちにしな垂れている。安い白粉《おしろい》の匂いがし、肌の露出の多い衣を着ているのを見れば、不甲斐《ふがい》なくも動けなくなるのは仕方がない。

「そ、そうですね……」

固まっている蒼君の代わりに小響があたりを見回した。

「じゃ、僕と利功の二人で行ってきます」

「小響」

厳しい声で蒼君が止めると、小響は頭を掻《か》いた。「女嫌いを絵に描いたよう」と一瞬呟いたのは空耳ではなかったはずだ。それを蒼君は咎《とが》めようと人差し指を小響に向けかけたがその前に彼女は言った。

「あそこに茶舗《ちゃみせ》がありますよ、蒼君さま。茶館のような高級店ではありませんが、あそこで怪しい人物が来ないか見張りましょう」

「しかし……腹が空《す》いているのだろう？」

「茶菓子くらいあるでしょう。後でなにかを食べればいいです。まだ初更にもなっていないんですから」

「そうだな……」

小響に悪いと蒼君は思ったが、選択肢は他にない。先日行った麵舗《めんや》とさほど変わらないみすぼらしい露店の茶舗に腰を下ろす。髪を一つにまとめただけの無精髭《ぶしょうひげ》の老人が、土瓶に湯を入れて持って来た。あとは自分たちでやれということらしい。小響は火鉢で茶盞《ちゃさん》を温め、卓の横にある茶の粉、茶末を一銭ほど茶盞にいれると湯を足し、丁寧に茶《ちゃ》筅《せん》で泡をつくる。白い泡が美しく立ち、悪い品の茶粉でこれだけ上手く点《た》てられる小響の腕前に蒼君は感心してしまう。

しかし、やはり茶末が粗末であるので、飲むには辛抱が必要な味だった。

「うっ」

「まずかったですか」

「いや……結構なお点前《てまえ》だったよ」

「庶民はこんな茶を飲んでいるんですね」

小響も少し眉《まゆ》を寄せつつ、茶を一口飲む。

「茶は嗜好《しこう》品だ。どんな者たちが飲んでいるんだろう？」

蒼君が言うと、小響があたりを見回しながら答えた。

「少し裕福な商家の主《あるじ》や妻でしょうか。歩き疲れた時に手軽に休めるところがあるのはいいですから」

「貴族もちらほらいるようだ」

前の方で座っている二人の若い男たちを見て蒼君は言った。どうやら少し酔っているようで、声高にどこの妓楼がいいかなどと話していた。

「酔い覚ましでしょうか」

「そのようだな」

繁華な夜の街の片隅にある露店茶舗。客は様々で、妓楼や酒楼をハシゴしている者たちがひとまず休憩したり、妓楼の使用人が菓子を買いにやってきたりする。

「皆がこんな風なささやかな贅沢《ぜいたく》ができるといいな」

蒼君がそう言うと、嵐のように物乞《ものご》いの子供が三人ほど走ってきて群がった。蒼君は黙って小銭を与えた。今夜の食べ物にありつける程度の額だ。あまり多く与えて、なにか問題に巻き込まれてもいけない。子供たちはもらい慣れているのか、礼も言わずに、次に恵んでくれそうな人の元へ走って行った。

「お優しいのですね」

「優しいのではないよ、小響。本来なら国が救うべき人々だ。それがこんな風に物乞いさせていてはいけない。施しなど気休めで自己満足に過ぎない。俺はその度に心が痛む」

「ええ……」

蒼君は不味《まず》い茶を飲み込んで吐息をこぼした。

「本来なら民を救う金を捻出《ねんしゅつ》しないといけないんだが――異民族との戦いで国の財政は悪い。毎年兵部尚書が国庫に求める金額は増えるばかりだ」

愚痴を言ってもしかたないと思いつつ、小響の前では蒼君は正直になってしまう。彼女も考えが同じことを知っているからだ。

「軍費がかかりすぎなのは、多くの人が嘆くところです」

「文官は軍費が多いといい、武官は少ないという。だが、辺境で苦労している兵士に満足な衣食を与えないわけにはいかない。国を守ってくれているのだから」

こくこくと小響は頷《うなず》く。蒼君は丞相の息子は太尉で辺境に出兵中であることを思い出した。父親を案じる気持ちは強いだろう。それでも彼女は言う。

「とは言っても、僕は子供が物乞いなどしていてはいけないと思います。そんな世界を許してはいけません」

「噂では軍費横領などと不確かなことが囁《ささや》かれている。あってはならないが……調査権限は御史台《ぎょしだい》にある。監査機関が調査しているかぎり、越権行為はできないのが悔しい……」

「心中お察しいたします」

「亡き母と死別するとき、世の役に立つ人となると約束した。その約束は必ず果たさなければならない。今回は火事の後始末を主から命じられただけだが、いろいろきな臭い。できる限り、今は自分の本分をまっとうして、主からの信頼を得ることを期待するしかない」

「はい……この麗京は一見、豊かにみえますが、その実、貧しい人たちでなりたっています。蒼君さまがご信頼を得られれば、きっとみんな笑顔になりますよ」

蒼君は茶盞を見つめた。

「一番、いけないのは真面目に働いていて食べていけない者たちが多くいることだ」

あの縫窮婆《ほうきゅうば》を思い出して蒼君は言った。小響は黙ってそれを聞くと、不味い茶をもう一服、蒼君の前に置く。

「ではこの苦いだけの茶をお飲みください。きっと蒼君さまがなさろうとしていることはそういうことでしょうから。この中に甘みを感じた時、僕たちはきっと責務を果たしたことになるでしょう」

——小響はどうしてこんなに聡明《そうめい》なのだろうか。その可愛らしさといったら譬《たと》えようもない

彼女もまた茶を喫し、瞳《ひとみ》だけで微笑んだ。まだ茶に甘さを見つけることはできないけれど、小

ほどで、慌てて蒼君も茶を飲んだ。まだ茶に甘さを見つけることはできないけれど、小

響が言うようにいつか——自分の責務を果たした時、きっと甘さを見つけられるだろう。

その日は、彼女と一緒だったらいい——。

「蒼君さま……」

そこで小響が浮き足立った。視線の方を見ると、従者に馬を引かせている若者がいた。

絹の翡翠《ひすい》色の衣を着てしゃれ込んでいる。妓楼《ぎろう》の赤い提灯がその顔を照らした。無表情

で少々冷酷そうな印象でちらりとこちらを見た。それで、目の下に痣《あざ》があるのがわかっ

た。

「あの人ではありませんか？」

「似てます」

顔を見た李功が言った。また、蒼君も十割ではないが、少なくとも六割はあの冉茗児

を襲った男と同一であると思った。長身の締まった体がよく似ていたからだ。それだけ

でも目立つ。

「妓楼通いのせいでお金がなくて賭《か》け矢なんかをしたんでしょうか」

「その可能性は高いな。尉遅力もかなりツケがあると言っていたからな」

「妓楼に侵入――はしませんよね……」

「尉遅力に金を摑《つか》ませれば、どういう話を普段、妓女としているかわかるだろうが――正直、金を払うほど価値のあるものを男が妓楼でしているとは思えないな」

「ええ……」

小響が蒼君を見上げた。

「明日《あした》の朝一で、俺の主に南盟宣の調査を依頼してみよう」

「お許しくださるといいですね」

「ああ」

蒼君は瞬き始めた星を見た。月は上がったばかりで若かった。ただ、横に小響がいてくれて、昼間の暑さを忘れた涼しい風が通り過ぎると、すがすがしい気持ちになり、蒼君はぱっと扇子を広げた。

3

蒼君が皇帝に拝謁を賜ったのは翌朝のことだ。普段なら、息子とはいえ、拝謁するのに前々からお願いを申し出なければならなかったが、無理を言って会えるように侍従宦《かん》官《がん》に取り計らってもらった。

「どうかしたのか？」

通されたのは政務を司《つかさど》る垂拱殿《すいきょうでん》ではなく、皇帝の居所である福寧殿《ふくねいでん》で、蒼君の父である皇帝はちょうど着替えをしているところだった。宮人たちが衣架から黄金の衣を取り、皇帝の背に掛け、玉のついた帯を締めていた。部屋には書棚があり、文人君主らしい絵やら、書やらが無造作ながら美しく部屋を飾っていた。

皇帝の黒髭《くろひげ》に威厳のある顔は子供の頃、震え上がりそうになるほど怖かったが、大人になっても非常に厳しく見える。息子ということで心を許して、そうした生活の場に呼んでもらえたことに蒼君は少し嬉《うれ》しくなった。自分たち父子には見えぬ距離があるからだ。

皇帝は袖《そで》を自ら直しながら机の前に立った。

「父上にはご機嫌麗しく」

「挨拶《あいさつ》はいい。虎符の件はどうなった？　なにかわかったか」

「それが――」

目立った成果がないことに蒼君は頭《こうべ》を垂れた。

「何者かによって質庫《しちや》を通じて受け渡しがあってからその後も行方が知れません……」

皇帝はバンと大きな音を立てて机を叩《たた》いた。慌てて蒼君は跪《ひざまず》く。

「なにを呑気《のんき》にやっている！　虎符だぞ！　どれほどの兵力を魯淑妃が隠し持っていたかはわからないが、たとえ百人でも大事だ。それ以上ならなおさらだ！」

皇帝は虎符の件をかなり気にして苛立《いらだ》っている様子だった。それも仕方がない。国の根幹に関わることだ。夜も眠れていないのかもしれない。

「申し訳ございません。調査を急ぎます」

皇帝は不機嫌に椅子に座った。

「そうせねばならぬ！」

「あと……申し上げにくいのですが——皇太后さまが毒殺されかけました由」

「なんだと！」

皇帝は立ち上がり、皇太后からの文を受け取ると、ブルブルと震えた。蒼君は付け足す。

「宮人に扮《ふん》した女が茶に毒を入れましたが、皇太后さまはお飲みになる前に不審に気づかれたとのこと。しかし、犯人は捕らえられる前に毒で自害いたしました」

「なんということだ……皇太后さままで……」

皇帝は蒼君を見下ろした。

「のんびりはしておられぬ。魔の手は後宮にまで迫っているのだからな」

「御意」

蒼君は背に汗を掻《か》いた。そして自分と父との距離を思い出す。期待されているとはいえ、皇帝と臣下という立場だ。蒼君は分をわきまえなければならないと自ら言い聞かせた。

特に、皇帝は皇太后への孝心が厚い。なにかあれば、優しい息子は賊を許しはしないだろう。蒼君もしくじりは許されない。祖母を守るのは孫として当然の務めなのだから。

「引き続き調査を命じる。が、手に余るようなら皇城司に引き継がせる。あまり表にこの件を出したくないが、致し方ない」

「宝文閣の侍衛、魏成完を射たのは兵部尚書の息子の南盟宣かと思われます。調査と尋問をお許しください」

蒼君は射手が左利きだったこと、南盟宣もまた左利きの名手であること、顔が似ていることなどを説明したが——。

「兵部尚書は高官である。その息子を調査することは兵部尚書を疑うことになる。確たる証拠もなく、似ているというだけで尋問など許可できぬ。それくらいわかるであろう？」

「ですが——」

「蒼炎《そうえん》、お前は己がすべきことをするだけでいい。兵部尚書を調査するのはお前の手にはあまる……それ以外の証拠をさらに集めよ」

皇帝は蒼君に失望している様子だった。特に後宮の件を任されておきながら、皇太后暗殺未遂があったことは、ゆゆしき事態だった。できる限りのことをしてきたつもりだった蒼君はうなだれ、馬鹿の一つ覚えのように「御意」とだけ言って部屋を出た。なんともお粗末な報告だった。とても顚末《てんまつ》を小響に言えない。彼女の方がよっぽど皇太后から信用されている。

それでも敷居を跨《また》ぐと蒼君は顔を上げた。

――なんとかしなければ。

皇帝は優しく事なかれ主義のところもあるが、このような事態は重く受け止める。特に、黒虎王の事件で第一皇子が流刑になってからは慎重を期している。皇太后のことで蒼君を叱責したのも、自身が母を守れなかったことへの罪悪感の裏返しだったのではあるまいか。

――父上も焦っていらっしゃるのだ。

蒼君は皇帝の居所を辞した。

階段の前で石の龍が牙《きば》を剝《む》いていた。蒼君は、そのまま階段を下った。そしていく段もいかないうちに、兵部尚書親子とかち合った。向こうは慇懃《いんぎん》に拱手《きょうしゅ》し、蒼君も頭を下げる。

兵部尚書は髭《ひげ》が薄い地味な男だが、若い頃は美男だっただろう、整った顔をしていて、そつがない印象だ。兵部尚書の息子は抜け目がなさそうなのに、余裕が感じられない。調二人はよく似ていて、頭も同時に上げた。蒼君はそのまま二人に礼をして去った。調査していることを勘づかれたくなかったからだ。

そして蒼君は階段を下る。

南太儀は皇帝の寵愛《ちょうあい》を多く受けていて、蔡貴妃すら最近では嫉妬《しっと》していると風の噂で聞く。ならば、皇帝が兵部尚書親子の尋問を許さないのも納得がいった。

蒼君は無性に小響に会いたくなった。

会ってこの顚末を話せば、自分以上に腹を立てて一緒に酒を呑《の》んでくれるだろうから。

「酒楼の旗はどうだ？」

階段の下で待っていた李功に蒼君が訊《たず》ねる。李功は戸惑ったように言葉を選んで言った。

「とくに変わりありません」

「ならいい……」

自分から旗の色をかえようかとも思ったが、結婚を控える令嬢を理由もなく呼び出すのは控えた方がいい——そう思うと蒼君はまばゆく照りつける六月の太陽が恨めしくなった。

「旗の色が変わったらすぐに知らせるように」

蒼君は李功にそう命じた。

4

その頃、芙蓉は危機に立たされていた。

花嫁衣装の寸法を測るのだといって侍女たちに追い回されていたからだ。気の毒なのは蓮蓮で芙蓉の肩を持ち、それを阻むので、なぜこんないい結婚話に水を差すのかと侍女たちからすっかり仲間はずれにされていた。

「ごめん、蓮蓮」

「いいえ……お嬢さまの気持ちが一番大切ですから」

胸を張って言ってくれる蓮蓮にどれほど芙蓉は慰められたか。

「とにかく、花嫁衣装なんて断固お断りよ」

「でも侍女たちは、こうなったら、いつもの衣の寸法でつくるつもりですわ」

「それでもお断り」

赤い衣を纏《まと》う自分が芙蓉には想像できなかった。そしてあの皇弟殿下の横に立つ自分も――。書画と刺繡《ししゅう》で過ごす毎日などぞっとするほど退屈だ。

「庭を散歩してくる……」

「気分転換は大切ですわ。行ってらっしゃいませ」

蓮蓮に背中を押されて、芙蓉は屋敷の中をぶらぶらと歩き出した。庭を掃く家人も回廊を行く侍女も「おめでとうございます！」と満面の笑みだ。芙蓉はこの屋敷に馴染《なじ》み、使用人たちともよい関係を築いてきたから、喜んでくれているのはわかる。が――今はそれを受け入れられない。そして考えるのは蒼君のことだ。女嫌いでさえなければ、よい夫になるような人物なのにと。

「どうしたのじゃ」

屋敷の裏手に行くと、師である石白明《せきはくめい》がいた。本を虫干ししていたようだ。千は超える本が棚に並んでいる。ただ当人は相変わらず、無精髭を生やし、白髪も結わずに総髪だ。皺《しわ》だらけの顔は苦労をしてきた年輪を刻んでいるが、目はどこか優しい。芙蓉は微笑み、拱手した。

「師父《せんせい》にご挨拶《あいさつ》申し上げます」

「うむ……なにやら悩んでいる様子だな？」

芙蓉は苦笑した。

「まぁ、いろいろと……」

「なにを悩むことがあるか。皇弟殿下以上の花婿はおらぬぞ」

「みんなが、そう言います。問題は……皇弟殿下ではなく、わたし自身なんです……結婚ということがイマイチ実感できないですし、今の生活を手放したくないんです」

「うむ……」

独り身の石白明はそこで無理に結婚せよとは言わなかった。だから芙蓉は代わりに火事の事件の顛末を師に話した。力添えをしてもらえないかと思ったのと、今は結婚話をしたくなかったからだ。

「魯淑妃の火事の事件が曖昧《あいまい》に終わるのではないかと多少心配しています。虎符らしき翡翠《ひすい》の飾りにしても、皇太后さま暗殺未遂にしても公にするのは憚《はばか》られることばかりですから」

「火事は失火。罪人の魯淑妃が焼死した。それで事件が決着するのではないかというのだな？」

「はい」

芙蓉は頷《うなず》く。

「可能性は高い。突いてはならない蜂の巣というものはこの世にはたくさんある。わしも昔にやったものだ。後宮の裏金事件を暴こうと御史台で監査をしていた時のことだ。わしは、犯してもいない罪を上役になすりつけられ、失脚させられた上に住む家もなく、食客などをしている体たらくだ」

「今も昔も変わらないということですね……」

「そういうことだ。そなたの祖父が結婚を急ぐのも、思慮深いようでいて正義感で動くそなたを心配しているからだ。わかってやっておくれ」

「はい……それは承知しています……」

祖父や周りの愛情を本当のところ、芙蓉もよく分かっていた。

「後宮は闇が深い。気をつけなければならぬぞ」

「でもどうしたらいいのでしょうか。このままでは調査は行き詰まったままです」

「何事も一人で行動せぬことだ。わしは一人で調査した。だから孤立し、潰《つぶ》された。信用できる者と行動をともにするのがいい。皇太后さまもお力添えくださるだろう」

全くその通りだ。師の言葉は芙蓉が忘れていた大切なことを思い出させてくれる。

「ありがとうございます！　師父！」

芙蓉は無性に蒼君に会いたくなった。会えば、きっと勇気づけられる。蒼君と話したかった。芙蓉は早速、自室に戻ると掃除をしていた蓮蓮を捕まえた。

「蓮蓮。お願い、酒楼の旗の色を変えて来て」

「なにかございましたか？」

「ううん……そうじゃないけど……外に出たい気分なの」

「気詰まりですものね。わかりました。外出の準備をして参ります」

「ありがとう」

芙蓉は少し安心した。そして昼を告げる鐘楼の鐘の音とともに男装すると、竹のハシゴを登って塀を越えた。蓮蓮も慣れたように続く。二人が馬車や轎《かご》ではなく徒歩で酒楼に向かうことにしたのは、秘密の文使いをするようになってからというもの、こうして民と並んで歩くことを芙蓉は好むようになったからだ。

途中、蓮蓮の瞳《ひとみ》に映った揚げ菓子を買って二人で食べると、嫌なことなど忘れ、街の賑《にぎ》わいが芙蓉の心を晴らした。そして駆け上った虹橋《こうきょう》の上から下を見れば、小舟が大船を引いて岸へ着けようとしているところだった。倉庫街があり、米を降ろしている船もあった。人足たちが汗を掻《か》きながら、それを一袋ずつ背負って桟橋を渡り、驢馬《ろば》の引く車に載せている。駱駝《らくだ》はどこから来て、どこへ行くのだろうか。大荷物を担いで、異民族の男とともに道を悠々と行く。芙蓉の好奇心はすぐに広がった。

「小響」

っていた。

しかし、夢中になっていると声をかけられた。振り向けば、橋の向こうに蒼君が立っているではないか。蓮蓮が慌てて人混みに身を隠し、芙蓉はそれを確認すると虹橋を走って下る。

「蒼君さま！」

勢い余って彼の胸に飛び込むような形になったが、しっかりした男の腕が支えてくれた。慌てて芙蓉はその腕から逃げた。女嫌いの蒼君に知られてはいけない秘密がある。

「す、すみません」

「いや……どうした？　なにかあったか？」

「いえ……」

用件はなかった。それなのに、多忙であろう蒼君を呼び出してしまった芙蓉は、なんと言ったものかとしどろもどろになる。すると、向こうが先に微笑んだ。

「ちょうど、俺も会いたいと思っていた。街を歩こうか」

芙蓉はほっとしつつ笑みを返す。

蒼君は芙蓉の歩幅に合わせてゆっくり歩きながら、露店を冷やかして回り始めた。笠《かさ》の店、櫛《くし》の店、匂い袋の店、お面の店に、揚げ菓子の店、饅頭《まんじゅう》は湯気を上げて蒸籠《せいろう》から出されたばかりだ。次々に店を回れば、腹も空《す》く。ぐぐううとみっともない音を立て、芙蓉が赤面すると、蒼君が露店の串刺《くしざ》しの肉を手渡した。

「これを食べてみろ」

「なんですか、この串刺し肉？」

「さあ、なんの肉だろう？」

「羊？」

「山羊《やぎ》かもしれない」

「牛の匂いです」

「この値段では牛ではないだろう？」

謎の肉を食べるだけで二人の会話は弾み、山椒《さんしょう》で臭みを消した串刺し肉を頬張りながら、近況を話す。芙蓉は最近手に入れた地図の話を、蒼君は外城にできた新しい橋を見に行ったことを。たわいないことだが、話していることはどこか共通点があり、芙蓉が橋を見たいといえば、案内すると誘ってくれた。

「ありがとうございます、蒼君さま」

「小響の地図に新しい橋を書き込まなければな」

「そうですね！」

芙蓉はこういうことこそが自分が求めている生活だと思った。皇弟殿下は素晴らしい人かもしれないが、きっと馬車から降りてもくれず、街で庶民と共に過ごそうなどと考えもしないで、花鳥風月に心を傾けるはずだ。

しかし、ひとしきり遊ぶと酒楼が見えてきた。自然と話は魯淑妃の火事から波及した事件の数々のことになってしまう。それが急を要する話題だからだ。

隠し事が多すぎて、なかなか踏み込んだことを話せないのが芙蓉は恨めしかった。しかし、自分が司馬芙蓉だと知られるわけにはいかない。相手は皇子である趙《ちょう》蒼炎。男装していたことを知られて幻滅されるのは避けたかったし、皇太后の意向に添わない。加えて、こんな風に気軽に友達として接してもらうことはできなくなるだろう。それだけは嫌だった。

「皇太后さまのお命が狙われたことを我が主《あるじ》も案じておられた」

「宮人が自害したので、証拠がなくて困っています。毒は附子《トリカブト》でした」

蒼君が吐息を漏らした。

「俺の方も行き詰まっている。主に兵部尚書の息子の尋問を願い出たが却下された」

「どうしてですか」

「兵部尚書は高官だ。疑うにはそれ相応の証拠が必要とおっしゃった」

「どうせ南太儀に入れ込んでいてそんなことを言われたんでしょう」

芙蓉が言葉を選ばずにずばりと言うと、蒼君は苦笑したが咎《とが》める顔はしなかった。同意ということだ。

「なにかお力になれることはありませんか」

芙蓉は蒼君の力になりたくて尋ねた。

「調査が行き詰まっている。なにかいい考えはないか？」

「そうですねぇ……」

芙蓉は考える。火事での唯一の生き残り、冉茗児は重傷でまだ証言ができない。質庫《しちや》の主と使用人は刺客に殺された。皇太后の命を狙った女も自害。芙蓉は懐から虎符の図を取り出した。手がかりはもうこれだけだと目を落とす。

「この虎符を作った人物を見つけ出すことはできませんか」

「なるほど」

「意匠は黒虎王のものによく似ていますけれど、虎符は二つで一つの割り符です。裏面に突起と穴があるので、ぴったりと二つがはまるようにできているのではないでしょうか。精巧な作りのはずです。なら、腕のいい職人なのではありませんか」

「たしかに」

蒼君はしばらく考えてから顔を上げた。

「団行《ギルド》を当たってはどうか――」

「それはいい考えですね！　蒼君さま！」

二人は一筋の光を見いだして足取りを軽くした。

5

団行は同業者の組合を言い、米商人の団行、医師の団行、占い師でさえ団行がある。翡翠《ひすい》職人の団行がないはずはなかった。

しかし、芙蓉たちは翡翠職人の団行の場所を見つけるのに難儀した。ある人は十字街《じゅうじがい》だと言い、またある人は馬道街《ばどうがい》だともいう。どちらも近いのでとりあえず、皇宮の南東へと向かうことにしたが、近くに行くと東大街《とうだいがい》という皇宮の南側だという。芙蓉はその状況に腹が立ったが、蒼君は別段気にする風でもなく、芙蓉に菓子を買ってくれたり、「暑いだろう」と扇子を持たないのを案じて五行で水の性質である彼女のために扇面が黒いのを一つ見繕ってくれたりした。

「蒼君さまは五行ではなんの要素なのですか」

「木だ」

「では五色のうちの青ですね。僕からは青い扇子を一つ贈らせてください」

芙蓉は蒼君とおそろいの扇子を持ったことが嬉《うれ》しかった。彼も思わぬ贈り物を喜んでくれたようで、「これからの季節に重宝しそうだな」などと言って扇《あお》いで見せる。

そうしてしばらく都中を彷徨《さまよ》った末に、ようやく目的地にたどり着いた。

「ここのようです」

見つけた場所は、通りから奥まったところにあり、普通の民家の趣があった。中に入ると、少しばかりの翡翠の飾りが並べられている。

売られているというよりも職人の代表作を置いてあるといった風で、作り手の個性が感じられた。その中でも見事な細工ものが一つあった。おしどりの形の佩玉《はいぎょく》だ。芙蓉が手に取ると、団行の頭とおぼしき男が出てきて愛想笑いをしながら拱手《きょうしゅ》した。でっぷりとした腹を持つ男だ。

「今日はどのようなご用件で？」

「麗京で一の細工ができる職人を探しているんです」

「どのようなものを作られたいと思っていらっしゃるのですか」

芙蓉は考えた。まさか虎符を作りたいとはいえない。

「とても凝った簪《かんざし》です。妹が嫁に行くのでその祝いに……」

商人は幾人かの職人の作を見せてくれたが、一番よいと思った佩玉の作り手は紹介してくれない。芙蓉は不思議に思って、気に入ったのだと言って、その佩玉を手に取った。

「この職人さんは？」

「ああ、もう高齢で新しいものは作っていないのです。麗京一の職人でしたから、残念でしかたがありません。でも――若手の作もなかなかで――これなどは――」

しかし、芙蓉は他の作者に興味は持てなかった。髪の毛ほどの細い線を綺麗《きれい》に彫ってある作品を見ればその力量は簡単に推し量れる。

「紹介いただけませんか。作ってくれるか、聞くだけ聞いてみます」

「さあ、どうでしょう。引き受けるかはわかりませんが、ご紹介はいたします。ただ、気難しい老人でして、無礼を言うかもしれませんが、お許しください」

相手は気乗りしなそうだったが、住まいを教えてくれた。ここからはさほど離れていない職人街のようだ。

行ってみれば、銀の簪職人やら小刀職人やらが細い道沿いに工房を構えて作業していった。カンカン、トントンとこきみのいい音が遠くからも聞こえてくる——そんな場所だった。

芙蓉たちは団行で描いてもらった地図を片手に、何人かに道を尋ねてようやく家を見つけた。借家のようだ。貧しさがその歪《ゆが》んだ扉からも分かる。芙蓉はそっと開けてみた。建て付けが悪くギギと音を立て、力を込めないと開かなかった。

「あの……」

芙蓉は暗い部屋の奥に声をかけてみた。人の気配はあるのに、誰も出て来ない。

「あの、すみません。お尋ねしたいのですが……」

すると、孫娘だろうか、十くらいの女の子が前庭で虫を捕まえて遊んでいて、「こんにちは」と挨拶《あいさつ》した。

「こんにちは。誰かお家の人はいる？」

「おじいちゃんがいます」

少女は大きな声で祖父を呼んだ。

「おじいちゃん！」

しばらく誰も出て来ず、やっと姿を現したのは、八十は超えていそうな小さな老人だった。険しい顔をしており、丸まった背に、職人の手はいかにも丈夫そうで大きい。ただ、孫娘を心配しているのだろう。よそ者の芙蓉たちから守ろうとしているのか、その腕を摑《つか》んで離さず、どこか落ち着きがなかった。

「あの、お聞きしたいのですが」

老人は怪しむような目を向ける。

「おじいちゃんは少し耳が遠くて。どうされましたか」

孫娘はしっかり者らしい。芙蓉は大きな声は出せないので老人の耳に近づいて囁《ささや》いた。

「翡翠の飾り職人を探しています。虎の形の翡翠を作った——あなたではありませんか」

老人ははっと息を呑《の》んで、瞳《ひとみ》を小刻みに揺らして動揺した。心当たりがあるようだ。

「あの……」

もう一度、訊《たず》ねようと口を開きかけると、老人は耳を押さえたくなるほどの大きな声で言った。

「帰れ！　帰れ！」

芙蓉は突然怒りだした老人に驚いて目を丸くする。

「帰れ！」

老人は低姿勢な芙蓉に手を大きく振ってしっしっとする。彼女は驚いて少女を見た。

少女もまた祖父のそんな姿は初めて見たようで「どうしたの？　おじいちゃん？」と訊ねて小首を傾げる。

「わしはなにも作らん！　作らん！」

蒼君が静かに問うた。

「あなたが作ったんですね」

耳が遠く、聞こえていないはずなのに、その唇を読んだ老人は真っ青な顔になる。

「わしはもう細工物は作らん。他を当たってくれ！」

老人はさらに青い顔をして孫娘の腕を摑んで引く。老人は誰にもなにも話す様子はなかった。心は固く閉ざされ、芙蓉たちを危険人物だと決めつけているように見えた。蒼君が吐息を漏らした。

「家族で逃げた方がいい。この街は危険だ。麗京を出た方がいい」

「そんなことは分かっている」

老人の声は呟《つぶや》きのようだった。これでは、まともに相手にしてもらうのは難しい。役人を連れて来るのがいいのかもしれない。

芙蓉は一旦《いったん》、蒼君を連れて通りに出た。すると背に老人の声がした。

「卵を買ってきてくれ」

振り返り見れば、老人が震える手で孫娘に金を渡している。コクコクと頷《うなず》いた少女が芙蓉たちについて来た。

「ごめんなさい。おじいちゃんはいつもはあんなじゃないの」

「いいんだよ。僕たちが突然、来たのが悪いんだから」

少女は屈託なく微笑んだ。が、その時、家の中から小さな物音がした。老人はびくりと体を大きく揺らし、気にするそぶりをみせると、孫娘に早く行けとしきりに手を振った。

――もしかして、誰かが家の中にいる？

芙蓉の五感が危険を察知し、目をこらせば、人の動く影が微《かす》かに見えた。

――誰かが家にいて、脅されていたんだわ。だからおじいさんの様子が変だったんだ！

まずい！　と思った瞬間だった。

黒い装束の男二人が、老人に襲いかかった。老人は孫娘を助けるため入り口を塞《ふさ》ぐように両手を広げた。芙蓉は本能的に少女を背に隠し、体を動かすことができなかった。

老人の胸に剣が突き刺さった。

「しまった！」

蒼君が芙蓉を押しのけて前庭へと走った。

芙蓉も慌てて入り、刺客と対峙《たいじ》するが、並大抵の相手ではない。李功も現れ、蒼君の助けに入れば、狭い部屋の中で机は倒れ、剣は柱を斬り、鉄の親骨が入った扇子が舞った。

しかし、芙蓉の手には武器はない。得意の回し蹴《げ》りで刺客の顎《あご》を叩《たた》き付けるが、体幹のしっかりした大男を倒すほどの衝撃を与えることはできず、逆に肘《ひじ》で胸を打たれてよろけた。

すぐに敵の剣が振りかざされ、水平に剣が薙《な》いだ。芙蓉は慌てて身を反らせて間一髪で逃げたが、次の攻撃に備えられなかった。

「うっ」

腕を強《したた》かに斬られた。あまりの痛さに悶絶《もんぜつ》し、重心を崩して膝《ひざ》をついた。

すると、間髪を容《い》れずに剣が頭上に振るわれた。

――ああ……。

もうだめだと思わず顔を上げたまま、芙蓉は身を庇《かば》うことも忘れてしまった。

「小響！」

しかし、そこに蒼君が現れた。扇子で剣を防ぐと足蹴りして芙蓉から刺客を離す。見れば李功がもう一人に傷を与えていた。これ以上、戦うのは危険だと判断したのだろう、刺客たちは互いを庇い合いながら裏から逃げて行った。

残ったのは、息を切らす蒼君と李功と、怪我をした芙蓉。そして――。

「おじいちゃん！」

孫娘が血だらけの祖父を揺すぶっていたが、老人にもう息はなく、目を見開いたまま天井を見つめていた。孫娘は祖父の側に這《は》うように行くと、その目をそっと瞑《つむ》らせた。芙蓉は自分の怪我もかまわず側に這うように行くと、その目をそ……」と言って号泣している。部屋は荒れ、籠《かご》は転がり、水瓶は割れていた。静寂の中で、戦った自分たちの荒い息だけが響く――。

「大丈夫か、小響」

蒼君は芙蓉の腕の傷が深いのを見ると慌てて自分の手巾《しゅきん》で衣の上から腕を縛ってくれた。

「ここは危険です。この子も連れて、一時避難しましょう」

「ああ、急ごう」

芙蓉は泣き止まぬ子の腕を取って立たせ、目線が合うように膝を曲げた。

「いい？　あの人たちはあなたのために戻ってくるかもしれない。おじいさんもあなたには逃げてもらいたいと思っているはず。だから僕たちと一緒に逃げよう。お母さんとお父さんは？」

少女は首を振った。気の毒にもいないのだろう。

「麗京府の役人を呼んですぐに来てもらう。おじいさんは大丈夫だ」

少女は芙蓉の手を握って顔を見上げた。芙蓉は微笑をして安心させようとしたが、「うっ」と腕の痛みに呻《うめ》いた。少女はそれで初めて芙蓉も負傷していることに気づいたようで、ぱっと手を離し案ずる顔をする。

「僕は大丈夫さ。君に怪我はない？」

「大丈夫……」

「なら行こう。僕たちは狙われている。この翡翠の飾りのせいで――」

芙蓉は翡翠の飾りの絵図を少女に見せた。

6

やって来たのは近くの宿だった。

二階建ての立派な宿屋で、地方から来たと思われる少し流行遅れの衣を着た貴族たちが一階に集まって食事をしており、使用人たちは忙しそうにしていたが、李功が銭をその一人に投げると、すぐに一番いい二階の部屋が用意された。別段、泊まるわけではない。傷の手当をしたいだけだ。一室だけを頼み、使用人に傷薬を買って来るようにいう。

「大丈夫？」

芙蓉は少女に尋ねた。少女は泣いているばかりだ。

「名前はなんていうの？」

「梅佳《ばいか》」

「梅佳。さっきの人たちに心当たりはない？」

少女は首を振る。そして男たち——蒼君と李功を見て怯《おび》えた。どうやら刺客が男だったので成人男性が怖いのだろう。直感的に芙蓉は悟った。この娘は無意識に芙蓉が女であることに気づいて助けを求めているのだと。

「少し、二人だけで話してみます」

「そうだな……俺は麗京府の役人を呼ぶように言ってくる」

「そうしてください。お願いします」

蒼君はそう言って出て行ってくれた。階段を下る音がして、遠くに気配が消えていくと、少女は芙蓉の怪我を案じて「痛くない？」と聞く。本当は死ぬほど痛いが無理をして笑顔を作った。

「大丈夫。深くはないよ。皮膚をかすっただけ」

「…………」

「この虎の形をした飾りものを作ったのはおじいちゃん？」

少女はひっくひっくいいながら、頷く。

「誰が頼んだか、分かる？」

少女はぎゅっと口をつぐんだ。言うのを恐れている様子だ。芙蓉は彼女を抱きしめてやる。怖いのは芙蓉も同じ。この一件はかなり根深いものがあることは想像に難くない。

「男の人」

少女が答えた。

「どんな人？」

「顔は知らない」

うーんと芙蓉は唸《うな》りそうになりながら、優しい声音を心がけて違う問いを聞く。

「じゃ、どんな人だったか、覚えている範囲でいいから教えてくれる？」

「小さい時だったからよく覚えてないし、あたしはおじいちゃんに机の下に隠れていなさいって言われたからよく分からない」

「いくつの時？」

「うーん、五つ？　もう五年くらい前」

そんな前から虎符は作られていたのか――芙蓉は身震いをした。

「おじいちゃんは作るのを嫌がっていたけど、仕方ないって言ってた。断れないって」

「そっか」

芙蓉は少女の肩をさする。老人は脅されたかなにかで虎符を作ることを強要されたに違いなかった。

「でも、綺麗《きれい》な靴を履いていた人だよ」

「綺麗な靴？」

「絹の靴」

貴族ということになる。

「他にはどんなことを覚えてる？」

「黒い衣を着ていた。とっても綺麗なキラキラしていた衣。いい匂いもしたよ」

「声は若かった？」

「……おじさんじゃなかった」

貴族に間違いない。芙蓉は少女を寝台に寝かしつけると、部屋を出る。回廊の先、窓際に蒼君の後ろ姿があった。風に吹かれて佇《たたず》む様子はどこか、寂しげでありながらも、孤高で芙蓉は声をかけるのを忘れたが、蒼君の方が振り向いた。

「どうだった？」

「若い貴族のようです。五年も前の話だとか」

「五年か……」

芙蓉と同じ危惧《きぐ》を蒼君も抱いたようだ。

「南盟宣かもしれないな」

「たしかに」

そのころから南家は魯淑妃に仕えていたことになる。南太儀は女官だったから、魯淑妃とつながりがあってもおかしくない。後宮に戻ったら聞いてみようと芙蓉は思った。

「傷薬が届いた。ここに座れ。傷の手当をしよう」

「い、いえ……自分でできます。薬を貸してください」

「片手では塗れないだろう？」

「いえ、大丈夫です。お貸しください」

小瓶に入った薬を蒼君は離そうとはしなかった。芙蓉は細く白い腕を見られたら、女だとばれてしまうと思って必死に断る。しかし、蒼君は手巾を解くと用意してあった盥《たらい》の水で清潔な綿の布を絞って微笑んだ。

「心配するな。痛くはしない」

心配しているのはそこではない。が、蒼君は芙蓉の痛くない方の手を引くと、窓際に座らせた。そして問答無用に袖《そで》をたくし上げ、芙蓉の腕の細さに気づかない様子で、すっぱりと切れた皮膚に塗り薬を丁寧につけてくれた。

「痛くないか」

「痛いです」

蒼君が黙った。傷の深さを悲しんでいるように見えた。おそらく完治しても二、三寸ばかりの傷は残るだろう。芙蓉は傷などは気にしないが、蒼君は違うらしかった。

「すまない……」

「なにがですか」

「俺が守るべきだった……」

「……」

「俺が小響を守るべきだったのに……」

後悔の念が蒼君の瞳《ひとみ》を暗くしていた。芙蓉はこんな傷、なんてことないと言おうとしたけれど、その瞳を見るとなにも言えなくなってしまう。蒼君はただ、責任感が強いだけだとは分かっていながらも「守るべきだった」などと言われれば、芙蓉は胸が締め付けられる思いがした。

「大丈夫です。これくらい」

「いや……もうこの件に小響は関わらないようにした方がいい。我が主《あるじ》を通じて、皇太后さまに言ってもらう。皇太后さまも小響がこんな危ない目に遭っているとは知らないだろうから」

「蒼君さま。僕は始めたことは必ずやり遂げるつもりです。なぜ、そんなことをおっしゃるのですか」

「だめだ。止めた方がいい。俺が許さない。危険すぎる」

「蒼君さまには関係ありません。僕は皇太后さまのご命令で動いているんですから！」

「小響。俺の話を――」

二人は話がかみ合わないまま、諍《いさか》いに発展しかけたが、

「危ない！」

という声とともに、芙蓉の頭を蒼君が自分の胸に押し当てたので彼女は驚いた。同時に矢がすぱっと柱に刺さる音がして見れば火矢ではないか。走ってきた李功が慌てて素手で矢を抜くと足で火を消した。

しかし、矢は次々と射られる。

芙蓉は蒼君に抱かれるまま、物陰へと隠れた。火矢でこちらを焼き殺す気だ。しかし、李功が矢を断り払ったおかげで、火事は免れた。その時、運良く呼んでおいた麗京府の役人が十数名、大通りを走ってきた。刺客も潮時だと思ったのだろう。通りの向こう側の屋根へと飛び移り、黒装束は消えた。

「大事ないか、小響」

「は、はい……」

どこも射られてはいない。とっさに蒼君が頭を庇《かば》ってくれたからだ。あれがなければ、今頃芙蓉の頬に矢は刺さり、絶命していたはずだ。

「だから言っただろう？　危険だからもう止めろと」

「いえ、ここで僕は引き返せません」

「危険すぎる」

蒼君が壁に刺さったままの一本の矢を抜いた。

「以前、俺たちを狙った黒虎王の矢と同じだ……」

「………」

「黒虎王の事件はなにも終わっていない……残党がいるのかもしれない……」

「ならばこそです。僕は手を引きません」

「小響！」

蒼君は芙蓉の両肩を摑《つか》んで揺すぶった。

「またこんな目に遭わせたくないんだ」

「もうヘマはしません」

「小響！」

蒼君は芙蓉の決意をわがままだと思っている。しかし、彼女にとってこの事件は使命のようなものだ。魯淑妃の事件を解決するのは始まりに過ぎなかったが、皇太后さえ命を狙われている。自分がどうにかしないと皇太后への危険はさらに強まるだろう。

「僕はやります。どうか力にならせてください」

断固として芙蓉は言った。すでにこの事件を調査し始めて多くの人が死んでいる。その死を無駄にしたくなかった。

「お願いです、蒼君さま……今さら、降りろなんて言わないでください」

「小響……」

「明日《あした》、未《ひつじ》の刻にまた酒楼でお会いしましょう」

「もう止めたほうがいい……」

「それは皇太后さまとお話ししてから決めます」

そう言われては蒼君も黙るほかないだろう。芙蓉には蒼君とは別の命令が下っている。

彼は、ただ黙って、頷《うなず》くでもなくこちらを見つめていた。

「では明日、未の刻にいつもの酒楼で。申し訳ありませんが、あのお孫さんの世話をお願いできますか。僕は家族に内緒で動いているので連れて帰ってあげられなくって」

「もとよりそのつもりだよ。麗京府も事情を聞きにくるだろうしな」

「お手数をおかけします」

「そんなことはなんの手数でもない……ただ――」

「蒼君さま。未の刻にいつもの酒楼で」

芙蓉は背を向けた。一人では危ないと蒼君は言ったが、ここから屋敷はさほど遠くないし、地理にも明るい。芙蓉はそのまま宿を飛び出した。が、李功が後ろからついて来た。

「僕は大丈夫です。蒼君さまについていてあげてください」

「麗京府の役人がたくさんいます。再び襲ってくることはないでしょう。途中までお供します」

芙蓉は仕方なしに、李功と歩いた。無口な男はなにも言わずに後ろをついてくるので、芙蓉は物思いにふける。

――蒼君さまに強く言いすぎたかも……。

もっとじっくりと自分の思いや責任意識を告げ、どうして今更、手を引けないのかしっかりと説明すべきだったと芙蓉は後悔した。

――やっぱり。話した方がいいかも……。

芙蓉は宿のあった南の方角を振り返り見る。まだきっといるはずだ。馬車を呼んで少女を乗せ、麗京府の役人たちへも指示しなければならないのだから。でももうその頃には東華門の側まで着いており、李功は芙蓉の素性を知るのを遠慮して去っていた。

どうしたものかと、自邸の門の前に立っていた芙蓉だったが、やはり戻ることを決めた。

――謝った方がいい。

しかし数歩も歩かぬうちに知った声が芙蓉の背に掛けられた。

「芙蓉さま」

振り向けば、煌《きら》びやかな宮廷の衣を着たままの劉公公ではないか。

「劉公公……」

「皇太后さまがお呼びでございます」

これは絶対に逃げられない。

芙蓉は天を仰いだ。

7

翌日の未の刻、小響は酒楼に姿を現さなかった。初更まで待ったが彼女は来なかった。もう関わるなと蒼君はたしかに言ったが、正直落胆した。

「どうしたのだろう……」

独り言のように呟《つぶや》くと、ずっと窓の外を一緒に眺めていた李功が答えた。

「塀を乗り越えて脱走するのが見つかったのではありませんか」

可能性は大きい。

祖父の丞相に見つかってお叱りを受けているのかもしれない。そうなると、もう会えなくなるのでは？　と蒼君は心配になった。

だが、小響のことばかりを案じてはいられなかった。皇帝からの命令で動いているかぎり、蒼君は父を失望させてはならないからだ。李功が手渡した矢を見る。たしかに、以前、黒虎王の刺客が放った矢と同じである。

「兵部尚書に問い合わせたいが――」

その兵部尚書が疑わしい人物なのだ。部下に聞いたとしても話が伝わってしまう可能性が高かった。

「どうしたらいいか……」

李功が剣を握りながら答えた。

「翡翠《ひすい》と同じで鉄匠《かじや》にも団行《ギルド》があるはずです。そこに当たってみては？」

たしかにその通りだ。二人はすぐに酒楼を後にする。厩《うまや》に訊《たず》ねると鉄匠の団行の場所が分かった。外城内の大西街《たいせいがい》だ。蒼君の隠れ家より少し東。皇宮の正門をずっと南に行ったところにある。

しかし、鉄匠の団行の前に着くと長い行列ができていた。李功がすぐに一番後ろの列の男に声をかけた。

「なんの列だ？」

「鉄匠を紹介してもらうための列です。蹄《ひづめ》はあちらですよ」

貴族と見て別の列を男は指差したが、李功はさらに聞く。

「なぜ、こんなに列ができるんだ？」

長く待って暇を持て余しているからか、男は饒舌《じょうぜつ》に語った。

「そりゃ、職人がいないからですよ。なんでも、戦が辺境であるとかで、武器を作る鉄匠の多くが麗京を去ったとか。そのせいで、都の中では職人不足というわけですよ」

「それはいつからか」

「そうですねぇ、半年くらい前から少しずつでしょうか」

魯淑妃が捕らえられたのは梅が咲く頃だ。ならばそれ以前から鉄匠はこの麗京からいなくなっていたことになる。

「どういうことでしょうか、蒼君さま……」

蒼君は無言になり袖《そで》の中で腕を組む。李功は貴族の特権で列には並ばずに建物の中に入って行った。普段はそういうことを止めさせる蒼君だが——ここで並んでいれば一刻は無駄にするだろう。

「だめです。武器を作る職人はほとんど麗京外におり、公で雇われている者だけが残っているとか。それに誰も職人たちの居場所を知りません。どこに行くのか秘密という条件で高額で雇われているらしいのです」

危険な兆候だった。

武器を大量に生産する公の決定などされていない。つまり、国のための武器増産ではなく、私的な、あるいは異国が関わることなのだ。これは重大な発見だった。

「小響に連絡をつけたい。旗の色を変えるように」

「御意」

しかし、翌日も小響は姿を現さなかった。

酒楼で未の刻から待っていた蒼君は姿を現さない彼女を案じ、そして不安になり、苛《いら》立《だ》った。喜ぶ顔が見たくて用意させた子豚の丸焼きがすっかり冷めて硬くなっている。窓から身を乗り出して待ってみたが、小響の影さえも現れない。いつもなら双眸《そうぼう》を輝かせて走って来るというのに――。

「なぜ小響は来ないんだ?」

「失礼ですが……お屋敷を見て参りましょうか」

「いい……」

蒼君は扇子をぱちんと閉じると酒楼の階段を下りた。そもそもこれ以上、関わるなと言ったのは蒼君自身である。もしかしたら、それに腹を立てたのかもしれない。願わくば、彼女が自分一人で調査をしようなどと試みていないことだ。そんなことなら、共に調べた方がよかった――。

――なぜ、そうあの時に考えつかなかったのか……。

蒼君は後悔し、そしてまた小響のことを心配して、彼女がふらりといつ来てもいいように、使用人を酒楼に待機させるように命じた。

「どうやら、慶寿殿で足止めを食らっているようです」

李功が報告したのはその翌朝だ。小響と連絡が取れなくなって数日が経過していた。ちょうど蒼君が本邸である斉王府で目覚め、青銅の盥《たらい》で顔を洗っている時に李功が現れて報告した。蒼君は顔を拭《ふ》いていた手ぬぐいを盆に投げた。

「どうして分かった」

「知り合いの武官に聞いて、後宮の宦官《かんがん》を紹介してもらいました。慶寿殿で花嫁修業のため一歩も出られないようです」

後宮では賄賂《わいろ》なく何一つ動かない。少なくない金を自腹で払って調べてくれた李功に蒼君は感謝した。後宮への伝手《つて》を蒼君は持っていない。足を踏み入れたいとはずっと思わなかったし、後宮に生母のいない蒼君が入れるのは皇太后が呼び出した時くらいだ。しかも、皇太后は孫を平等に扱うので、蒼君が一人で出入りする機会はほとんどなかった。

――後宮は嫌いだ……でも、これからは伝手の一人くらい作っておかないとならないな……。

小響の消息くらいは知らなくてはならなかった。

「すまない、李功。正直、ほっとした。皇太后さまもご心配だったのだろう」

「その通りかと」

小響が慶寿殿にいるならば安全だ。数日、落ち着かなかった気持ちがようやく晴れて、虎符について考える余裕ができた。蒼君は書斎の椅子に座って考える。目の前にはなにも書かれていない白い紙。硯《すずり》に水を入れて、ゆっくりと墨を磨《す》る。

一と書く。

――虎符は二つ揃わなければ、兵は動かない。

そして二と記す。

——虎符は五年前に作られた。

三。

——黒虎王事件の首謀者である魯淑妃の手にあった。おそらく二つとも。

そこで手が止まる。魯淑妃は虎符の片方を奪われまいとして口に含んだのだろうか。

なぜ、そんなことを火の手が上がる中でしなければならなかったのか。冉茗児は魏成完と逃げたことは愛の逃避行であったと言ったが本当だったのか。本当であったのなら、なぜ、魏成完は質《しち》庫《や》に虎符を預けて、謎の人物の手に渡るように小細工などしたのか。

蒼君の筆から墨がぽたりぽたりと落ちて、紙を汚した。

——黒虎王の残党がいる……そうとしか考えられない。それを誰かが動かそうとしているのではないか。

——魯淑妃についてもう一度、調査すべきかもしれない。

皇帝は魯淑妃を冷宮に幽閉し、第一皇子を流刑にしたが、それは生ぬるい処置ではなかったか。第一皇子の復活を願う何者かが、兵を集めようとしている可能性もあった。

——どこで調べたら……。

後宮に伝手はない。小響がいないと、皇太后が管理する書類には手が出せない。

——ならば、御史台か……。

御史台は各署の監査を行う機関である。後宮のことは管轄外であるが、なにか関係のある事件があるかもしれなかった。

「李功、御史台の役所に行く」

「書庫を見せてくれるでしょうか。機密文書を扱う機関です」

「身を明かして皇帝陛下のご命令で動いていることを臭わしてでも見せてもらうしかないな」

もう手詰まりなのだ。他に選択肢はない。蒼君は馬車ではなく馬で行くことにした。時間を無駄にしたくなかったからだ。鐙《あぶみ》に足をかけ、手綱を握って背筋を正す。李功が先駆け、蒼君はそのすぐ後を追った。


「斉王殿下である」

御史台の役所の前には門番がおり、才が飾られていた。棟には走獣と呼ばれる瓦《かわら》の装飾があり、門にはこまよけがあった。屋根には鴟尾《しび》がある。立派な建物で威圧的。民どころか、なんのやましいところがない官吏でも恐ろしくて近づけない役所だ。

「せ、斉王殿下……」

門番は転がるように中に人を呼びに行った。蒼君は皇子としては不遇であるが、母を早くに亡くしたことで後ろ盾もないことを哀れみ、皇帝から王に封ぜられているので身分は高い。

「斉王殿下……」

しかし、出てきたのは監察御史という七品の役人で汗をだらだら流して蒼君を迎えた。

「調べたいことがある。書庫を見せて欲しい」

「御史台の書庫は閲覧できぬ決まりでございます」

「冷宮が焼失したことは知っていよう。不審な点があるから、皇帝陛下より調べるように命じられている。御命である。断ることはできない」

役人はさらに汗を掻《か》く。たとえ、皇帝の命令でも勅書がなければ開けないのだと説明する。蒼君はしかし、引き下がりはしなかった。

「では五年前のものならどうだ」

「五年間はいかなる文書も秘匿扱いです。それより前のものなら……」

なんとかここで妥協点を見つけた蒼君はわざと吐息を深くついてから、「ならばそうしよう」と言った。駄目で元々だと思って来たのだから、見られるものがあるならばそれでも収穫だ。

「こちらです」

御史台の書庫は二階建てで階段もあり、整然と書棚が並んでいた。役人がいなくなると、蒼君は以前、小響に教わった通りに、棚をゆっくりと歩き、どのような法則で書物が並んでいるのかを観察した。どうやら、古いものほど、上にあるようだ。

しかし、残念ながらここに鋭い才覚で書類を探してくる小響がいない。武官の李功は役に立たないし、蒼君は小響という大事な相棒を失って、その存在の大きさを思い知る。

――小響がいれば……。

彼女は強力な助っ人だった。知力もあり、女ながらに豪胆。度胸は人一倍で、正義感に溢《あふ》れていた。蒼君は棚の埃《ほこり》を指でなぞる。膨大な資料の中から、漠然とした魯淑妃に関する書類を見つけ出すのは容易ではない。

そこに書類を返しに来たと思われる胥吏《しょり》が部屋に入ってきて、蒼君の姿に驚き頭を下げた。年の頃は五十くらいか。なにか知っているかもしれない。

「そなたはいつからここで働いている？」

「十五年ほど前からでございます」

胥吏は役所で雑用をする小役人だ。十五年も同じ役所で働いているなら、なにか知っているかもしれない。

「後宮――いや、魯淑妃に関する調査が行われたことがあるなら教えて欲しい」

「後宮のことは御史台の管轄ではございません」

「それでもなにか、あるだろう」

「いえ……」

胥吏は悩んだ様子だ。

「迷惑はかけない。勅命で動いている。問いに答えて欲しい」

皇帝の意向では答えないわけにはいかなかったし、胥吏は皇子などと口をきいたこともなかったのだろう。嫌だとは言えず、あたりを見回し、小声になった。

「昔、軍費に関する不正に後宮が関わった事件がありました。しかし、上から圧力がかかって調査は中止。監査官も御史台を辞めさせられました」

「魯淑妃が関わっていたのか」

「さあ、そこまでは。しかし、それがこの十五年で一度きりの後宮が絡んだ事件でしたので覚えております」

「いつの話か」

「十年くらい前でしょうか」

「すまない。助かった。それで、その辞めさせられた者の名前は？」

「さあ……なんといいましたか……林とか石とか、白とか……」

男は記憶が定かではないと言った。そこに先ほどの監察御史が現れて「なにをしている」と胥吏を叱ったので、蒼君が言った。

「書類の年代分類を聞いていたのだ」

そして蒼君は、一人、二階にゆっくりと上って行った。十年前の書類を調べたが、「上から圧力がかかった」というだけあって、軍費に後宮が関わったとされる資料を見つけるのは容易《たやす》くなかった。

それでも小響が教えてくれたように、並びを確認して、その事件の棚まで行き着くと、一冊の報告書を見つけた。開くとほとんど墨で塗りつぶされている。しかし、年月のせいか、その色はかすれ、小さな窓に紙をすかすと文字が見えた。

「『魯淑妃付き女官、南秋苑《しゅうえん》の尋問を請求する』？　南秋苑は――たしか南太儀の名前のはず……」

残念ながらその他の文字を判別することはできなかった。ただ、魯淑妃に南太儀が仕えていたことがある事実が引っかかった。もし、尋問を請求されたのが、軍費に関する不正の件であったなら、彼女は魯淑妃に関する重大なことを知っている可能性がある。

「その辞めさせられたという役人を捜すしかないな」

蒼君は衣の裾《すそ》を翻して書庫を後にした。

8

芙蓉は後宮の慶寿殿で足止めを食っていた。

建前でしかなかったはずの行儀見習いはいつの間にか、花嫁修業になり、皇弟殿下のお好みの絵師や詩家、書道家についての知識を詰め込まれている。学ぶことは、嫌いではない芙蓉である。だが、それが誰かにおもねるためならば気は進まない。

「お手洗いに行きたいんだけれど」

「それならおまるをお持ちいたしますわ」

女官はにこりとして絶対に部屋から出してくれない。芙蓉は次第に腹を立て始める。

――そちらがそうなら、こちらだって考えがある。

芙蓉は豪奢《ごうしゃ》な宮廷衣装を脱ぎ捨てて、捕まえた女官の衣を剝《は》ぎ取った。「芙蓉さまぁ」と助けを求めるが、口の中に手巾《しゅきん》を入れて帯紐《おびひも》で柱に括り付けると部屋を出た。

皇太后が芙蓉のことを心配する気持ちは分かる。斬られたことはすぐに皇太后の耳に入ってしまったし、皇太后自身さえ毒殺されかけた。用心に用心を重ねるべき時であることは理解している。しかし、芙蓉は始めたことを投げ出したくなかったし、蒼君とまた会ってともに捜査をしたかった。

「芙蓉さま」

しかし、抜け出してさほど行かないうちに劉公公に声をかけられてしまう。

「うっ……」

後ろを向いたままぴたりと芙蓉は足を止めた。女官には独特な歩き方があり、走ることは決してしないから、気づかれたのだ。

「お部屋にお戻りください」

いつもは優しい劉公公が厳しい声でいう。皇太后に厳命されているのだろう。芙蓉はため息交じりに頷《うなず》くと、女官宮人五人に連行されてまた同じ部屋に押し込められた。押し込められた——といっても納屋などではない。普段、芙蓉が使わせてもらっている慶寿殿の一室だ。皇太后の書斎を若い女人が好むようにと模様替えしてくれてある。中には桃色の帳《とばり》をかけ、翡翠《ひすい》や水晶の置物が飾られた違い棚、白青磁の花瓶は美しく蓮《はす》のような形をしているものがあり、その気遣いを感じる部屋である。芙蓉は黒檀《こくたん》の机の前に座って顎《あご》をつき、蒼君に買ってもらった玄武の木彫りを撫《な》でた。

——蒼君さまとは喧嘩《けんか》別《わか》れになってしまった。なんとか連絡を取らないと、約束を破った上に行方不明だと思われてしまう……。

芙蓉は机を指先で叩《たた》いて、蓮蓮とせめて話ができないものかと考えたが、蓮蓮は屋敷に返されてしまった。買収できそうな宮人女官がこの慶寿殿にいるはずはない。皇太后がどれほど怖いか知らない人はいないのだから。

——うーん。

その時、一つの箱が視界に入った。

——ああ、たしか魯淑妃が生前にしたっていう形見分け？

箱を開けていなかったことを思い出した芙蓉は、自分の前へとそれを置く。金の金具は純金だろう。光り方が優しく美しい黄金色で、箱は赤漆である。箱それ自体だけでもかなり高価なもので、芙蓉は差されたままの鍵《かぎ》をはずして蓋《ふた》を開けた。

——これは……。

赤い瑪瑙《めのう》の腕輪。

赤い杏《あんず》の簪《かんざし》。

赤い漆の櫛《くし》。

赤い珊瑚《さんご》の指輪。

赤い星の佩玉《はいぎょく》。

赤い伽羅《きやら》の香りのする匂い袋。

赤い朱雀《すざく》の耳飾り。

とにかくすべてが赤色だった。芙蓉は瞬《まばた》きした。結婚するという噂を聞いての贈り物だろうか。

——そんなわけない。わたしだって先日聞いたばかりなんだし。それに冷宮では外の情報は入ってこないはず。魏成完が漏らすとは思えない。そんなことを知りようはずはないんだから。

なら、なぜこんなに赤ばかりの贈り物をしたのだろうか。最後の宴の日も花嫁衣装のような赤い衣を魯淑妃は着ていたが、地味な人だったから赤色という印象はない。普段、くすんだ桃色などを遠慮深げに纏《まと》っていた。

「若いわたしに赤が似合うと思ったのかな……」

うーんと思う。芙蓉もあまり赤は着ない。どちらかというと青系の方を好んで着る。その方が顔が映えるし、男勝りな性格にも合った。気配りができた魯淑妃がそれを知らなかったとは思えない。

「うーん」

芙蓉は一つ一つを箱から出して見た。箱の底も赤い布が敷かれている。なんという気もなしにそれをめくると小さな紙が出て来た。ゴミかと思ったが、文字が書かれている。

「『火』」

芙蓉はもう一度、目をこらした。

「火?」

よく分からなかったが、魯淑妃が書いたものだろう。だが、手紙のようなものはついていない。冷宮と外部との接触を皇后はかたく禁じて、誰とも連絡を取らせないようにしていた。すべて皇后の配下が出入りの人から物まで調べていたはずだ。もちろん、この箱も――。

――他の妃嬪《ひひん》たちにも生前に形見分けがあったと聞いたけど……皆、罪人からの贈り物を拒否したって皇太后さまが言っていたっけ。そうなると受け取ったのはわたしだけ?

形見は皇太后がもらってもいいと言ったので、よく考えずに受け取ったが、思えば立場上、魯淑妃からの贈り物を貰《もら》えるのは芙蓉しかいない。彼女こそが、魯淑妃の罪を暴いた功労者の一人だからだ。他の人は、受け取れば事件との関連を疑われてしまう。

――でも、わたしになぜ? しかも「火」とはなにを意味してるの?

赤と火は関係しているはずだ。火という文字を魯淑妃が書いたのは火事より以前だったのだから、火はあらかじめ決めておいた重要な言葉だったに違いない。

「それにしても暑い……夏なんだから窓くらい開けてくれればいいのに……」

芙蓉は蒼君に買ってもらった扇子を広げて扇《あお》いで、ふと手を止める。

「赤、火、夏……」

そして机の上に飾られた玄武を見る。占い師が五行を一生懸命説明してくれたではないか。『水は冬を象徴する。夏は体に気をつけなさい。また水は北を司《つかさど》る。家の北にある廟《びょう》をお祀《まつ》りするのを忘れずにな』と。そして蒼君は五行で水の要素だからと五色のうちの黒の扇子を選んで買ってくれた。

五行は自然摂理を司る宇宙の五要素であり、相生的、相克的に作用する。つまり、水の要素は木を育て、木は火を作る。一方、水は火を消す要素があるのだ。その原理はさまざまなことがらに利用され、季節、色、方角、臓器、食べ物と多岐にわたる。芙蓉の誕生日は水の日で、水の要素のある人物だ。火ではない。

芙蓉は杏の簪を手にとる。

――そもそも形見分けにわたしが含まれていたことがおかしい。しかも火という文字が書かれた紙を残して――赤い装飾品ばかりが入っているなんておかしすぎる……五行で火は夏と赤を表す。なにか関係があるのかも？

芙蓉は簪を置いて、すぐに立ち上がると奥にある皇太后の蔵書に走った。

――あった。

五行に関する本だ。ぺらぺらとめくるとすぐに表を見つけた。火の要素の欄に指を伸ばす。

――五行で火の属性の色は赤。五獣なら朱雀。五季は夏、成数は七、五星なら熒惑《けいこく》、五官なら舌、五果は杏。五役は匂い。方角なら南――。

魯淑妃は夏に火事で死に、朱雀の耳飾りと杏の簪を芙蓉に残した。贈り物は全部で七つ、すべて赤。匂い袋もある。虎符は口の中──つまり舌の上にあった。

──方角は南……。

南といえば、南家。南太儀しか芙蓉は思いつかなかった。やはり、南太儀が絡んでいるのだろうか。

──もし、これが魯淑妃が残した最期の言葉であったなら、魯淑妃は少なくとも火で自分が死ぬことを知っていたことになる。やはり、南太儀が……。

芙蓉は宝石箱の蓋をぱしりと閉めた。

──魯淑妃が占いに凝っていたとは聞いたことがないわ……皇后は冷宮を閉鎖していたけど、最期だからと贈り物の受け渡しを許した……それを利用して魯淑妃は、検閲をかいくぐることにした……そういうこと？

芙蓉は立ち上がった。

第四章　罠

1

「皇太后さま！　聞いてください！」

芙蓉が魯淑妃の小箱を持って皇太后の元に走っていくと、「またそのようなはしたない」という顔で大叔母《おおおば》は迎えたが小言は言わずに、読んでいた書物をため息交じりに卓に置いた。暗い部屋で疲れたのだろうか。目を少し押さえてから、やれやれという口調になる。

「芙蓉、そなたがなんと言おうが、後宮から出てはならぬ。しっかりと花嫁修業をし、皇弟と仲良く暮らしていけるようにしなければな」

「いえいえ、そうではございません、これを見てください」

芙蓉はいいとも言われていないのに、皇太后が座る榻《ながいす》の横に並ぶと、魯淑妃からもらった箱を開いて見せた。

「これは魯淑妃からの形見分けの品ではなかったか」

芙蓉は深く頷《うなず》く。

「わたし、気づいたんです。これは魯淑妃の死を前にした無言の言づてではないかって――」

「無言の言づて？」

「死を前にして、言葉にできないことをこれらの物に託したのだと思うんです」

皇太后は箱の中から杏《あんず》の形の簪《かんざし》を取り出して、そして朱雀の耳飾りを卓の上に置いて見比べた。風が窓から入り込み、絹の帳《とばり》を膨らます。芙蓉は皇太后の皺《しわ》だらけの手を握った。

「五行で目・耳・鼻・舌・口唇は五官と呼ばれます。そのうち、火の属性の器官は舌です。虎符を口の中に入れていたのはそのためではないでしょうか。これらの魯淑妃の形見も五行の火に関わるものばかりです。今お持ちの杏も五果と呼ばれ、火に属します。そして五行で火の方角といえば『南』です！」

芙蓉は、形見の一つ一つがどう五行の火にまつわるかを皇太后に説明した。しばし、皇太后はその言葉に耳を傾けていたが、話し終わると首を横に振って榛色《はしばみいろ》の袖《そで》を直しながら言った。

「そうかもしれない。しかし、そなたはもうこの件には関係ない。捜査は蒼君が引き続き行っているし、劉公にも調べさせている」

「劉公はなにを調べているのですか。南太儀のことではありませんか」

芙蓉は諦《あきら》めなかった。

皇太后は先ほど読んでいた本で芙蓉のおでこを軽く叩《たた》く。

「そなたはなにもわたくしの話を聞いていなかったようじゃな。そなたはもうこの件には関係ない。花嫁修業に励め」

「でも——気づいてしまったんですもの。魯淑妃の思いに。これはこのままにしていていいものではないと思うんです。そうでしょう？　皇太后さま？」

「そなたらしいといえば、そなたらしいが……見守るこちらの気持ちにもなれ……まったく……」

呆《あき》れた顔の皇太后だったが、このまま黙っていてもどうせ芙蓉は納得しないのは目に見えていると思ったのだろう。しばし、悩んだ末に口火を切った。

「南太儀はかつて魯淑妃付きの女官だったことがある。十年ほど前か」

「え？　本当ですか?!　では虎符を魯淑妃が持っていたことを知っている可能性があるってことではありませんか？」

「そこまではわからぬ。少なくとも二人は主従だったことがあり、親しい関係だったのは間違いない」

南太儀は有能な女官で尚食、尚服などあらゆる女官の役所を渡り歩いていたのは聞いていたが、まさか魯淑妃付きの女官だったとは思わなかった。

「南太儀を後押しして出世させていたのが魯淑妃だったということが判明した。だから、少し身辺を調べさせていたのじゃが……」

「やっぱり……」

「だからといって、虎符事件の背後にいたのが南太儀と決まったわけではない。憶測で決めつけてはならぬ。そなたの推理は理路整然としているが、それが真実であるとは限らぬのだからな」

「…………」

もう魯淑妃はこの世にいない。本当に宝石箱が死を前にした無言の言づてだったとは芙蓉にも言い切れなかった。が、皇太后は重要な情報を加えた。

「調べたところ、南太儀は昔、収賄容疑をかけられた。その時、魯淑妃の懇願があったのと、証拠不十分であったのとで放免されたが、その上役であった者は刑死している。清廉潔白であるとは言い切れぬ人物なのは確かじゃな」

「ではなぜ、皇帝陛下はそんな南太儀を見初めたのですか」

「さあ……今思えば、魯淑妃がお膳立《ぜんだ》てしたのやもしれぬし……誰か他の者だったのかもしれぬ。子細は不明じゃ」

芙蓉は胸の動悸《どうき》をどうすることもできなくなった。

女官が運んで来た茶をくいっと飲んでも喉《のど》の渇きは癒やされず、頭は忙《せわ》しなく回る。

「もし南太儀が黒だったなら――」

「芙蓉、憶測でものを――」

「言ってはならないのは分かっています。でも虎符が二つあれば、黒虎王が残した軍兵を自分のものにできるのですから、犯人は必ず奪おうとするはずです。皇太后さまが命を狙われたのもきっとそのせいです」

皇太后は部屋に誰もいないのを確認してから胸元から魯淑妃の口の中にあった虎符を取り出した。芙蓉は驚いた。

「いつも肌身離さずお持ちだったのですか⁈」

「もちろんじゃ。誰も信用ならないからな」

皇太后はそしてすぐに虎符を胸元に戻す。なにかを恐れるかのように――。

「後宮にはわたくしが入宮する以前から闇がある。その闇は慣習などとも呼ばれるが利権であり金の流れじゃ。それを変えることは、皇太后たるわたくしでも危険なことである」

皇太后は、尚食が肉一切れ買うにも賄賂《わいろ》が発生するのだと言った。また上の者は下の者から搾取し、売官も行われているという。それをすべて無くすことは大きな改革であり、またそれを止めれば後宮は混乱し機能しなくなる――。

「魯淑妃はなにを考えていたんでしょうか」

罪を犯した理由が、後宮を変えたかったと言っていた人である。罪なき子供や妃嬪《ひひん》が殺されるのを魯淑妃はもう見たくなかったのだろうとも芙蓉は感じた。どっぷりと後宮

の慣習に浸かっていた魯淑妃自身が、体を張って後宮に風穴をあけようとしていたのか
……それを、死を前にして伝えようとしていたのか。

「悪に手を染めるのは実のところ、いつの間にか――ということが多い。ひもじくて饅《まん》頭《じゅう》を一つ盗んだとする。それを見咎《みとが》めた上役が『黙っていてやるから命令に従え』と脅す。そうして泥沼にはまって、どこかしらの派閥に組み込まれてさらに大きな悪事をさせられるのじゃよ」

「…………」

芙蓉はいかに自分が守られて育ったのかを感じた。小さな過ちが自分の人生を大きく変える――そんなことを考えたこともなかった。

「つまり、皇太后さまも南太儀が怪しいとは思っていらっしゃるということですね？」

「……そうとは言っていない」

芙蓉は立ち上がると拱手《きょうしゅ》して頭《こうべ》を垂れた。

「その虎符をわたしに預からせてください」

「芙蓉――」

「皇太后さまは一夜だけ廟《びょう》堂《どう》にお参りに行かれて、この慶寿殿の警備を薄くしてください。必ず、なに者かが盗みにやって来ます。それを捕らえるのです」

「危険すぎるぞ、芙蓉」

「それでもやる価値はあります。相手は虎符を奪うことに躍起になっているのですから、

この機会を逃すことはないと思います。皇太后さまは、虎符を置いて慶寿殿を出て、賊が罠《わな》にかかるのを待つだけです」

芙蓉は皇太后の手を両手でぎゅっと握った。

「武術に長《た》けた宦官《かんがん》をお貸しください」

真剣な目で厳しい顔をしている皇太后を見れば、大叔母《おおおば》もこちらをまっすぐに見返した。それを芙蓉は同意と受け取った。

「聞いてください。皇太后さま、計画はこうです――」

芙蓉は皇太后の耳に囁《ささや》き、真剣な面持ちで頷いて見せた。

2

皇太后が皇宮内にある廟堂へと参拝に外出すると、蒼君が聞いたのは、その日の夕刻のことだった。

礼部の役人がばたばたとしているのを見て気づいたのだが、「いつもの皇太后さまの気まぐれです。今夜、廟堂にご参拝されるお達しが昼にあったのです」と少し恨めしげに役人は愚痴をこぼしながら準備に追われていた。

蒼君は即座に言った。

「随行人の名簿を見せてくれないか」

知り合いの礼部の役人は別段、渋ることなく見せてくれた。

皇太后は時折、皇宮内にある廟に参る。いつもの顔ぶれでいつもの人数だという。しかし、蒼君が探している名前──「司馬芙蓉」はなかった。

「皇太后さまの親族の司馬芙蓉という娘が慶寿殿にいるはずだ。その娘は付き添わないのか」

「さあ……後宮のことはよくわかりませんが、前例で皇族でない方のご参拝はあまり聞いたことがありません。お控えになったのではありませんか」

つまり、小響は慶寿殿に残るということだ。

──虎符は必ず慶寿殿にある……。

皇太后が暗殺されかけたのは、虎符が原因としか思えない。それが慶寿殿に小響とともに残ったら危険だ。李功が走って来た。

「小響さまからの文です。蓮蓮という侍女が酒楼に持ってきました」

蒼君は慌てて文を広げる。美しい小響の文字が急いでいたのか乱れていた。

『蒼君さま。犯人がわかりそうです。思っていた通り、南家が怪しいと思うので、罠を張ることにしました。僕は後宮を押さえます。蒼君さまは皇宮の軍の動きを見張ってください。裏切り者の兵士たちがいる可能性が高いです。何人いるか分かりません。どうかお気を付けて。僕のことは心配無用です』

蒼君の手は震えた。怒りではない。小響がどれほど危険なことをしているか考えただる?!」

「これは小響が張った罠だというのか。心配無用とはどういうことだ。何を考えていけで恐ろしくなったのだ。

「皇太后さまが慶寿殿を空けるとなると心配です……ですが、あの小響さまです。無計画に動かれるはずはありません」

「小響が知っているのは南太儀の兄が弓を左手でも使えることと、翡翠《ひすい》の虎符の依頼者が貴族というだけだ。それだけで南太儀を疑うのは早計だ。小響はそんな思考の持ち主ではない。他になにか摑《つか》んだのか――」

心配なのは、皇太后が虎符を廟に持って行ってくれるならいいが、そうでないのなら、小響が危ないということだ。

「あれは――」

皇帝の居所、福寧殿近くの通路を歩いていると、李功が急に蒼君の腕を摑んで灯籠《とうろう》の陰に身を隠した。蒼君が様子を一緒に窺《うかが》うと、そこに現れたのは、真新しい武具を纏《まと》った南盟宣だった。颯爽《さっそう》と歩いている姿は将軍のようだ。美々しく着飾っているせいか、六尺の背のせいか、痣《あざ》のある平凡な丸顔が以前より頼もしく見えた。

南盟宣は、後宮の侍衛に任命されたと蒼君は聞いてはいたが、既に任についているとは知らなかった。部下十名ほどが後に続く。

「肩で風を切っているな」

「めざましい出世ですから」

羨望《せんぼう》の目が行く人から注がれているのも、南盟宣を得意にさせているように見えた。

「後宮の警備の責任者があの者では力を貸してはもらえない。どうしたら――」

蒼君は小響を救わなければならなかった。

「たとえ、これが小響の罠だとしても、一人では無理だ……」

「しかし……どうされるのですか……殿下は母上が後宮におられません。自由に出入りすることは許されていないのですから、皇太后さまか皇后さまのお許しがなければ立ち入ることはできません……」

後宮とは皇帝の妻の居住地。皇子とはいえ、成人である蒼君が許しを得ないで入ることはできない。皇太后は廟に向かうのに忙しいだろうし、皇后と蒼君は犬猿の仲である。皇帝に許しを得るのが一番だとは分かるが、そんな暇はないと思われた。

「皇太后さまのお呼びだということにしよう」

「そのような嘘が知れたら、大変なことになります。思《おぼ》し召しを偽るなど……おやめください。小響さまの言うように南家の動向を押さえる方が先です」

「では小響が危ない目に遭うのを黙って見ていろというのか」

「それは……」

「南家に手の者を向かわせ、皇城司に小響からの文を見せて慶寿殿に異変があるようだと告げるんだ。禁軍は――父上が軍権を握っている。万一のことはそうそうないだろう。

あるとすれば、後宮の侍衛たちだ。俺は後宮へ行く」

「御意……」

しかし、蒼君にはもう一つ問題があった。

後宮は母が無念の死をとげた場所で、蒼君はその場に行くのも辛く、近づくだけで胸が痛くなることだ。幼い頃に他の妃嬪《ひひん》や女官から放たれた心ない言葉は、今も胸に刺さったままで、できるかぎり近づかないようにしていた。

「それでも行かなければ――」

蒼君は意を決すると、皇帝の居所、福寧殿と後宮を隔てる壁沿いを走り、慶寿殿とを繋《つな》ぐ門の前に立つ。そして斉王府の腰佩《ようはい》を見せて、つとめて落ち着いた声で言った。

「皇太后さまのお呼びで慶寿殿へと向かう」

「通達は来ておりませんが」

門番の宦官は戸惑ったように頭を下げた。

「通達は遅れているのだろう。皇太后さまは廟堂に参拝される。慶寿殿は慌ただしいのやもしれぬ。お呼びなのはそのためだ。遅参でお叱りを受けてしまう」

蒼君は皇族らしい言葉使いで相手を萎縮《いしゅく》させた。

「いえ……その……ただ、斉王殿下がお越しなのは珍しいことでしたので……」

「珍しくも俺は皇帝陛下の皇子である。別段、おかしなことではあるまい」

「御意」

門番はもうそれ以上、反論できずに後宮への道を通してくれた。慶寿殿は福寧殿のすぐ隣。高い塀の向こうに入れば、慶寿殿の荘厳な建物が見えた。宮殿は三重の基壇の上に立ち、瑠璃色《るりいろ》の甍《いらか》が夕闇に沈んで見える。それは皇帝の居所とさほど変わらない大きさで、皇太后の威厳を示し、人を寄せ付けない力があったが、青、赤、緑の彩色が梁《はり》に施されている様子は繊細な女人の居所らしかった。

ところが、ちょうど皇太后の行列は別の門から出て行くところで、最後の一人の宮人が門の敷居を跨《また》いだので、姿は見えなくなった。小響がその列にいたのかさえ、蒼君は確認できなかった。

――慶寿殿に留守番が誰もいないというはずはない。何人かは残っているはず。小響がどこか聞かなければ――。

そう思って走りかけ、蒼君の足が止まる。

もし、「司馬芙蓉」の安否を尋ねれば、それは小響が「司馬芙蓉」であることを知っていたと告げるも同じことではないか。そうなれば、小響はどう思うか――。嘘をついていたことを責め、二人の関係は今のようではいられなくなるのではないか。「少年小響と謎の青年蒼君」それでいいのではないか。

――いいや。

蒼君は心の中で首を横に振った。

――それでも小響の安否の方が重要だ。もし、彼女になにかあれば、俺は自分を許すことはできないだろう。迷いは禁物だ。小響を守るためならばなんでもしなければ――。

蒼君は慶寿殿の長い階段を駆け上がった。握り締めるのは親骨に鉄の入った扇子。後宮で佩剣を許されるのは侍衛と一部の宦官だけだ。蒼君は丸腰である自分に危機感を覚えたが、そんなことなどすぐに脳裏から捨て去り、頂上まで上った。

「これは斉王殿下。いかがなさいましたか」

迎えに出たのは若い宦官《かんがん》だ。蒼君のことを知っていたようで深く頭を下げて訊《たず》ね、ここに皇太后はいないのだと説明した。が、蒼君はその襟を摑まんばかりに言った。

「小響は――司馬のご令嬢はここにいるのか?! それとも皇太后とご一緒か?!」

宦官は慌てる蒼君に驚いた顔をしたが、次の瞬間、その胸を矢が貫いた。蒼君は倒れる宦官を抱きとめ、息がないのを確認すると、すぐに立ち上がる。

「小響!」

蒼君は慶寿殿の戸を両手で押し開けた。

3

初更の鐘が鳴った。

芙蓉は皇太后より賜った細身の剣を持って、皇太后の宝座の前に立っていた。黄色い袍《ほう》を着て男装したのは動きやすくするため。剣を持つのに大袖《おおそで》の衣を引きずっているわけにはいかなかった。

　——蒼君さま……。

　一つ心細いことがあるとすれば、蒼君がこの場にいないことだ。いてくれればどれほど心強いことか。やはり、後宮に来てくれと頼めばよかった。しかし、斉王がここに来たことが周囲に漏れたら、南盟宣は動かないだろう。芙蓉一人だから好機に思うのだし、それより、皇宮での兵の動きが心配だった。慶寿殿は皇帝の居所である福寧殿のすぐ隣なのだ。

「特に異変はありません」

　慶寿殿には二十人ばかりの武術に長《た》けた宦官を配している。見回りに行った一人が芙蓉に報告したが、皇太后が戻るのは夜中の三更。干害に苦しむ民のために祈りを捧《ささ》げるというのが表向きの理由であるので、廟堂《びょうどう》での滞在は長くなる予定だとはすでに礼部に告げてある。

　そして虎符は芙蓉の手にあった。ずしりと重く感じるのは翡翠のせいではないだろう。虎の形は少し熔《と》けているとはいえ、ほぼそのままで、魯淑妃の舌がこれを守ったかと思うとなんともいえない気持ちになる。

　——本当にこの虎符を盗みにくるかしら……。

　杞憂《きゆう》であって欲しかった。「だから言ったであろう？」と皇太后から呆《あき》れられて明日《あした》の朝を迎えたい。誰も盗みに来なかったら、無謀なことは金輪際しないと皇太后に約束させられているけれど、それならばそれでよかった。

「芙蓉、これはそなたが管理せよ」

出かける前に皇太后はわざと宮人たちの前で芙蓉に虎符を預けた。警備が万全な皇太后の慶寿殿ではあるが、間者は必ずいるはずだからだ。誰かが外にこの話を漏らす。そして、皇太后不在で警備が薄れた慶寿殿に盗人は現れる――そう芙蓉は踏んでいた。

「向こうも罠《わな》だと気づくかも……」

それでも来ると芙蓉は思う。

巨大な力を得ることのできるこの虎符は、もしかしたら、この皇宮の中にさえ仲間がいて連絡を待っているかもしれないのだから。そう思うと芙蓉はぞっとした。

その時だ。

外から物音がしたような気がした。

風の音だったかもしれない。なにかが戸に当たるような音だ。

「見て参ります」

宦官の一人が外に出た。

慶寿殿の外を守るのが十人。中が十人。今、一人が外に出る。残るは九人の宦官と芙蓉で、全員に緊張が走った。そしてまた音がした。今度は戸の隙間から風が通り抜けるような――ヒューという音で、ばさりという物音もする。なにかが起こっている。

「見て参りましょうか……」

恐る恐る、もう一人の宦官が言った。

芙蓉は答える。

「いいえ……どうやら客が来たようよ」

虎符を懐にしまうと、芙蓉は剣を抜いた。足を肩幅に広げて構える。すると窓が突然開いた。と、同時に矢が飛んできた。芙蓉は一本目を右に避け、二本目を剣で切り落としたが、九人いる宦官のうちの二人が矢に倒れた。

「大丈夫?!」

一人はまだ息がある。慌てて他の者と一緒に引きずって黒檀《こくたん》でできた屏風《びょうぶ》の後ろに隠すも、矢はそれからも雨のように射られ、屏風に突き刺さった。かなりの腕前だ。南太儀の兄であることは顔を見ずともわかった。

「お気をつけください、芙蓉さま」

「ええ……」

やがて矢が尽きたのか、窓から黒い影が五人ほど入り込んできた。

手練《てだ》れであるのは間違いない。音すら立てずに着地する。

賊はすっと、剣で蠟燭《ろうそく》の芯《しん》を斬り、部屋の灯《あか》りを一つ消した。まだ、灯りはあるが、部屋はそれだけで暗い影を落とし、月の光が青くなった。

芙蓉はゆっくりと屏風から姿を現した。

相手は黒装束に黒い仮面をしている。

以前、黒虎王を見かけた時と同じ仮面だ。

——この人が本当の黒虎王?

芙蓉は言った。

「虎符を盗みにきたのね」

「こちらに渡してもらおう」

「それはできない」

魯淑妃が命を賭《と》して守ったものだ。どうして渡せるか。それに渡したところで、殺されるのは目に見えている。

「芙蓉さま、ここは我らが」

宦官たちが前に出た。後宮の治安を守るのは侍衛ばかりではない。武装した宦官もまた頼もしい戦力として武器を持つ。彼等は選《よ》りすぐりの者たちで皇太后に忠実だった。

だが、外にいた十人が助けに来ないということは、敵にやられたのかもしれない。

「やぁ!」

味方が斬り込んだ。

こちらは芙蓉を入れて八人。あちらは五人。数では勝っているが——二人が一撃ですっぱりと喉《のど》をかっきられた。血が噴き出し、西域から運ばれた絨毯《じゅうたん》が濡《ぬ》れる。

「お下がりください、芙蓉さま」

皆が芙蓉を背に庇《かば》う。

芙蓉も全身からだらだらと汗が滴るのを感じた。

──どういうこと？

「とりゃ！」

かけ声は立派だが、味方の腕は数段、敵に比べると落ちる。対して相手は、玄人の暗殺集団だ。並の者たちではない。その証拠に剣を交えるというよりは、一撃で急所を狙ってくる。

ある者は心の臓を剣で突かれ、ある者は首を斬られ、剣がぶつかり合うのは、数手しかない。

芙蓉はやがて一人になった。

「虎符を渡してもらおうか」

「断る」

「お前ごときを殺すのは朝飯前だ。力ずくでもらい受けるまで」

芙蓉は汗ばむ手で剣を握った。

そして暗闇の中で一人が動いた。体格と背の高さから南盟宣か──。影が滑るように芙蓉に近づいたかと思うと、剣が頭上にあった。芙蓉はすぐに身をかわして逃げる。卓が二つに割れた。

──強い……。

他の四人は棚や牀《ベッド》などを荒らして虎符を捜している。

「ありません！」

そう言ったのは女の声だった。聞き覚えがある。南太儀ではないか！芙蓉がはっとした隙に剣は再び振り上げられた。芙蓉はなんとか両手で剣を握って十字に相手の攻撃を防いだ。

「もっとよく捜せ！　ここにあるはずだ！」

芙蓉を攻撃している男は余裕だった。配下にそう指示すると芙蓉の剣を弾《はじ》く。芙蓉は

そして三手目も交わし、脇腹を狙ってきた四手目はぶつかった剣を捻《ひね》るように持ち上げ

て踏ん張った。

「力比べか、面白い」

「あなたの正体はわかっている。南盟宣」

「くくく」

向こうは身元が割れることを恐れていない。虎符さえ得れば、おそらく大勢の皇宮の

兵士が彼に従うからだろう。魯淑妃の謀叛《むほん》の折は多くの文官が捕らえられたが、さほど

武官はいなかった。息を潜めている裏切り者たちがいたのだ。

「仲間がいるのね！」

「さぁ、どうだろう？」

男は芙蓉の腹を足蹴《あしげ》りして床に転がした。痛みで起き上がれない――。

しかし、ゆっくりと南盟宣の足がこちらに近づき、切っ先が光っているのが見えた。

彼は顔を覆っていた仮面をはずすと床に捨てる。既に誰であるのか知られているのだから、顔を隠す必要もないというわけだ。

南盟宣はあざけるような歩みで芙蓉の前に立ったかと思うと首筋に剣を当てた。

「虎符を渡してもらおう」

「皇太后さまがお持ちよ」

「嘘をつくな。お前に預けたのを見ていた者がいる」

「裏切り者がいるってことね」

「そういうことだ。手間を取らせなければ、楽に死なせてやる」

しかし、運がいいことに、矢に当たりながら屏風に隠れていた宦官《かんがん》が南盟宣に小剣を投げた。それは右腕に当たって彼は思わず剣を落とした。芙蓉は慌てて立ち上がると、懐から虎符を取り出し、机の前に立つ。

「近づかないで」

芙蓉は机にあった硯《すずり》を掲げた。虎符をこれで割ってしまえば、割り符の片方を失うことで危険は回避することができるかもしれない。が――。

その前に両利きの南盟宣は、匕《ひ》首《しゅ》を左手で芙蓉に投げた。指をかすめて虎符が床に落ちる大きな音がする。慌てて芙蓉は這《は》ってそれを摑《つか》んだ。

「手間をかけさせるな」

「…………」

やはり南盟宣は武科の試験を首席で合格しただけのことはある。体格も力も違う芙蓉が敵《かな》う相手ではなかった。

「魯淑妃の後釜《あとがま》を狙っているのね……」

「あの女は死んだ。これからは我らの時代となるだろう。皇帝すらひれ伏すことになる！」

芙蓉は黙った。こんなはずではなかったと思うが、もう遅い。覚悟を決めなければならなかった。

──でも、命に代えても虎符は渡してはならない。

ただ、それだけだ。渡してしまったら、どうなるだろう。もし皇宮内外に黒虎王の残党がいれば皇宮も都も混乱に陥る。芙蓉はぎゅっと目を瞑《つむ》った。虎符を奪われてはならない。

南盟宣は刃を向けてこちらにやってきた。

──皇太后さま……。

しかし、そこに戸が大きく開かれた。

「小響！」

「蒼君さま──」

助け人の背の向こうに月が傾いて見えた。

4

「小響！」

蒼君が部屋の中に走り入ったとき、小響は剣を突きつけられて身動きできずにいた。

「蒼君さま！　受け取ってください！」

とっさに月の光とともに何かが放り投げられ、蒼君は右手でそれを摑んだ。

——虎符！

「蒼君さま！」

彼女は蒼白《そうはく》だったが、狼狽《うろた》えてはいなかった。蒼君は持っていた扇子を投げて相手の気を引いた。刃が仕込まれた扇子によって頰を斬られた賊は思わず、小響に向けていた切っ先をはずした。すばしっこい小響は、賊を押しのけ蒼君の方へと逃げてくる。

「大丈夫か?!」

「はい。来てくださったのですね！」

「もちろんだ」

もちろん——なにがあっても小響を助けるためならなんでもする。蒼君はそう思った。

蒼君は落ちていた剣を二振り拾い、一振りを小響に投げ、もう一振りを自分が握った。

賊は五人。李功がいればなんとかなっただろうが、後宮に連れてこられなかったのが惜しい。

「大丈夫だ、小響。俺が食い止める」

背中合わせに蒼君は小響に言った。

ゆっくりと囲んでくる敵。

月影は静かで、足音以外は聞こえなかった。勇敢な小響の肩が震えているのを感じると、相手の技術の高さが窺《うかが》える。

「俺が隙を作る。そうしたら外に逃げるんだ」

「相手は南盟宣です。後宮の侍衛はあの人の配下で助けてくれるかどうか――」

「福寧殿に急げ。皇帝陛下の禁軍がいる。皇太后さまの名前を出せば絶対に助けてくれるはずだ」

小響は蒼君の囁《ささや》きに頷《うなず》くと、かかって来た小柄な賊――おそらく女と剣を合わせた。

相手は刺客として訓練されている様子だが、長い間剣を使っていなかったのか動きが少し鈍かった。比べて小響は日々、稽古《けいこ》を欠かしていない。素早い動きで、相手の剣をかわし、あるいは打ち付けて跳ね返すと、戸の方へと小響は走った。

蒼君ものんびりとはしていられなかった。

四人の刺客の相手をしなければならない。しかも、白藍《しらあい》の袍《ほう》を着ている蒼君は月光によって浮かび上がって見えるのに対して、黒衣の賊は気配でしか動きを察せられなかった。

——落ち着け。落ち着くんだ。

蒼君は何度も自分にそう言い聞かせて、目を閉じた。そうすれば風を切る音が聞こえてくる。さっと向かってくる音に体が自然と動いて切っ先を止め、薙《な》いだ方向からは身を避《よ》けて、次の攻撃に備えた。

剣と剣がぶつかる音が高い天井に響き、石の床に谺《こだま》すれば、殺気が熱気となって広い部屋に立ちこめた。

一人の右腕を斬り、もう一人の胸を斜めに、そして振り向くこともなく後ろから襲ってきた男の腹に剣を突き刺した。致命傷には到らないが、一瞬の隙を作ることはできた。

「行け、小響！　逃げるんだ！」

「はい！」

小響が対する女の賊は執拗《しつよう》に挑み、巧みな技術で彼女を壁の方へと追い詰めて行く。小響はそれでも身軽な動きを駆使して剣を弾いて止めた。汗が額から流れ、蒼君は助けてやれないことがもどかしかった。

「行け！　小響！」

蒼君ができるのは出口までの道を空けてやるくらいだ。

彼女は剣と剣が合わさると、左足でしっかりと重心を支え、右足で思いっきり女の賊を蹴った。おかげで二人の距離が開き、小響は出口へ向かおうとした——が——。

「あっ！」

南盟宣がさっと蒼君から離れると、小響の前に立ちはだかる。小響は、切っ先を避けようとしたが、その瞬間、背中から摑まれて喉元《のどもと》に刃を当てられた。小響は目だけを震わせ、どうやって逃げようかと必死に考えている様子だったが、万事休すだ。

「小響……」

「大丈夫です……大丈夫……僕は大丈夫です」

大丈夫を繰り返したが、小響の首元には剣の刃が突きつけられていて、ほんのりと血が出ている。少しでも動けば命はない。蒼君は「ごくり」と息を呑《の》む小響の喉元を見ると、自分もまた唾《つば》を吞み込んで、緊張から逃れようとした。

「僕のことは心配ありません、蒼君さま」

小響はそう言って頷いて見せる。だが「心配ない」と、そう言うときは必ず心配なときだ。

「さあ、虎符を渡してもらおうか」

南盟宣はゆっくりと片手を蒼君に差し出した。目が爛々《らんらん》とし、奇異な欲望と高揚した感情に溢《あふ》れていた。部下たちは剣を抜いたまま、蒼君を囲い、じりじりと間隔を詰めてくる。ただし、賊のうち三人の男は満身創痍《まんしんそうい》だ。それぞれ傷口を押さえながら、剣を握っている。とはいえ、安心はできない。蒼君も剣を構えたまま動けなくなった。

「…………」

蒼君は懐に手を入れた。しかし、小響が必死に首を振る。

「逃げてください、蒼君さま！　虎符を渡してはなりません！」

小響の言う通り、虎符を守ることこそ正しいことだ。しかし、そうすれば人質である小響の喉は確実にかっ斬られ、床に死体は投げ捨てられる。そんな価値がこの小さな虎符の片割れにあるのだろうか。

――できない……。

蒼君は思った。

――小響を失うことはできない。

他のことは考えられなかった。皇宮や国の混乱など、現実めいていなかったからかもしれない。目の前の危機にどう対応するか――それしか蒼君には今はわからなかった。

「渡せ。渡さなければコイツを斬る」

南盟宣の要求は明らかだが、渡したからといって小響が無事とは限らなかった。迷っているうちにゆっくりと賊の一人が蒼君に一歩近づく。女も長剣を握り直した。

「どうしたら……」

「逃げてください。それを持って！　僕のことは心配いりません！　もしこれが誰かの手に渡れば黒虎王の残党が動き出します。そうなってはならないんです！」

「小響……」

退路はだんだんとなくなって行った。迷うことは危険で、国への裏切りだとわかっていながらも、蒼君は小響の命を賭《か》けてまでして逃げられなかった。南盟宣一味が、たとえ虎符をそろえたとしても、それが即、国の危機に繋《つな》がることはない可能性もあるではないか。それが楽観だとしても、蒼君はそう思わずにはいられなかった。

──南盟宣はこの後宮からどうやって逃げるつもりなのか。仲間はそこかしこにいるのか──。

自信があるからこんな暴挙に出たはずだ。しかし、今は小響の命を助けることが先だった。究極の選択──そうかもしれない。それでも、助けなければならないのは、彼女が蒼君にとって大切な人であるからだ。その命はなによりも重い。

蒼君が敵をにらみ付けると、南盟宣はさらに手を差し出す。

「虎符はこちらに投げろ。それからだ」

南盟宣にも焦りが見え始めた。

しかし、小響はいう。

「大丈夫です、蒼君さま。僕のことは心配しないで。渡してはだめです！」

「小響以上に大切なものがこの世にあるというのか」

「……虎符を。虎符を守ってください。そうでなければ大変なことになってしまいます」

灯火に小響の顔が映し出され、その瞳《ひとみ》が涙に潤んでいるのを見ると、蒼君の胸は切なくなった。彼女にこんな顔をさせてはならない。いつだって、小響の笑顔は眩《まぶ》しいのだから──。

「逃げてください……」

小響が自分を案じてくれている。もうそれだけで蒼君は十分だった。

もし、なにかあるとしたら、小響とともにありたかったから……。

「わかった。虎符を渡そう。ゆっくりと人質を放せ……そうしたら渡す」

「先に虎符を渡してからだ」

蒼君は内心、舌打ちしたが、要求を呑むより他はない。

「分かった……そうしよう……だが約束は違《たが》えるな」

「もちろんだ」

南盟宣の顔が月明かりに歪《ゆが》んで見えた。緊張で場が静まり返った。

――これまでか……。

蒼君は虎符を投げた。南盟宣は片手で受け取ろうとしたが、蒼君が少し手前に投げたので虎符は床に転がって棚の下で止まった。慌てた南盟宣が拾おうとして屈《かが》みかけた。

小響はその隙をついて男の腕を嚙《か》んで突き飛ばし、蒼君の方へと逃げた。

しかし、南盟宣はもはや人質を失ったことなどどうでもいいらしい。虎符を拾い上げると高笑いして掲げる。

「ついに我が手に虎符がそろった！」

蒼君はすぐに小響を胸に抱きしめたが、南盟宣は笑いが止まらぬまま命じた。

「二人を殺せ」

「はっ」

剣が同時に四振り向かって来て、蒼君は瞬時に剣を床から拾うと、小響に投げ、自分は二人の腕を斬って身を守る。

「小響！」

見れば小響は、敵の二振りを頭上にぎりぎりのところで防いでいた。蒼君は慌てて加勢し、剣で一人を斬ると、その反動を使ってもう一人の鳩尾《みぞおち》を蹴《け》り飛ばした。

「うっ」

その時、小響がよろめく。以前、斬られた腕を再びやられたのだ。血で袖《そで》が赤く染まっていた。蒼君は慌ててその体を支えた。無理にでも小響を立たせようとした。座ったらもう終わりだ。立っていなければ戦えない。小響は膝《ひざ》をついていた体をなんとか立ち上がらせたが、南盟宣が迫っていた。

「観念しろ」

両手が塞《ふさ》がっている蒼君に南盟宣は、唇の端を上げて薄ら笑いしながら言った。

「死ね」

剣は大きく蒼君に振りかざされる――。

しかし――。

南盟宣は蒼君を刺さなかった。顔を上げれば、剣を振り上げたまま立っているのが見えた。目をかっと見開き、強い衝撃に動きを止めたかと思うと、後ろにばたんと倒れた。

小響が床に着地したのはその後だ。得意の回し蹴りで裾《すそ》をひらりとさせて一撃で倒した。

しかし──すぐにうずくまる。怪我が酷《ひど》い。傷を押さえた手が血で染まる。

「すまない」

「…………」

「俺が助けに来たのに、結局、小響に助けられている」

「僕は──僕は──蒼君さまが無事で……よかった……」

小響は痛みが増した腕を小刻みに震わせていた。すぐにでも手当をしてやりたい。しかし他の賊に囲まれる。小響を背に隠し蒼君は剣を構えた。

──小響には指一本触れさせない！

相手ももう重傷を負っている。何人いても負ける気はしなかった。蒼君は振りかざされる剣たちを華麗に避《よ》けると、すぐに反撃に転じる。一人を斬り、もう一人の心の臓を一突きにする。抜いた剣を即座に南太儀の首元で止めた。

ところがそこに無数の足音がした。

「遅れてすまぬ」

松明《たいまつ》を手にした禁軍の武官たちを引き連れて現れたのは御年七十余の皇太后だった。蒼君が建物の外を見れば、広大な慶寿殿の前庭にひしめくように兵士がいた。その数は数千。

「少々、皇帝陛下の腰が重うてな」

禁軍の兵士たちは急所をはずして矢を放つと、次々に賊を倒した。毒死を防止するために口の中に布を詰め込む。皇太后は小響にまず訊《たず》ねた。

「怪我はないか」

「大丈夫です……皇太后さま」

大丈夫ではない。小響は怪我をしている。蒼君は慌てて自分の絹の袖を裂くと、小響の腕に巻いた。

「気丈に振る舞うのはいい加減にしろ……お願いだ……今度、『大丈夫』という言葉を使ったら――俺は……」

なんと言おうとしていたのか。『ただではおかない』？　いや違う。『心配で心配でどうしようもなくなる』？　しかし、言葉は継げなかった。言おうとして言わなかったのではない。皇帝がお出ましになったからだ。

「信じられぬ……」

特に、黒ずくめの装束を着た女が、その覆面を取られた時、皇帝は驚きを隠さなかった。寵愛《ちょうあい》していた南太儀だったからだ。彼女が黒虎王の残党を動かす虎符を奪おうと慶寿殿に押し入ったなど、そうそう信じられるものではないかもしれないが、証拠は揃いすぎている。今更、驚く父親に蒼君は心の中で腹を立てた。

「そなたはなぜここにいる？」

皇帝が蒼君に尋ねた。

そこで初めて蒼君はなんの許可も得ずに後宮に立ち入り、剣を振り回したことを思い出した。慌ててなんと答えようかと思案している間に沈黙ができ、あたりの空気がしんと凍りついた。蒼君は拱手《きょうしゅ》したまま動けなくなった。

「わたくしが呼んだのじゃ」

皇太后が言った。それは思わぬ加勢だった。

「さようでございましたか」

「万一に備えなければならないからな」

皇太后はそう言いながら、億劫《おっくう》そうに身を屈めて床に落ちていた虎符を拾った。

「これがその虎符の片方じゃ」

皇太后はそう言うと、皇帝の手のひらにそれを載せた。

「軍権とはすべて皇帝が握るもの。これは陛下のもので、他の誰のものでもない」

「はい……」

「軍の中にまだ黒虎王の残党が隠れているとみえる。捜し出して処分するのがよろしかろう」

皇帝は虎符を見つめ、ようやくことの重大さを悟ったように唇をわずかに震わせると、すぐに声を張り上げた。

「南家を調査せよ。南兵部尚書も捕らえるのだ！」

「はっ」

二十人ほどの武官たちが賊を捕らえ、慶寿殿から引きずり出していく。

蒼君はほっと息をついた。これで安心できると。しかし、それもつかの間、ふと見れば、小響の衣が血でみるみる染まり出していた。扇子を放り出して彼女の前に跪《ひざまず》けば、すでに目がぼんやりと虚《うつ》ろで朦朧《もうろう》としていた。

「しっかりしろ」

蒼君は蒼白《そうはく》になり、彼女を胸に抱き寄せた。

「太医を呼べ！」

皇帝が蒼君の代わりに周囲に叫び、宦官《かんがん》たちが部屋を走り出て行く。

「芙蓉！」

皇太后も彼女に駆け寄り、そっと小響の手を握ったが、反応がなかったので、気丈な後宮の主《あるじ》も不安げな顔になる。皇帝はその様子に慌てて何度も「太医を呼べ」と怒鳴って急《せ》かせ、落ち着かないのか小響の前を行ったりきたりしていた。

「太医を連れて参りました！」

そして、すぐに薬箱を持った太医を連れた宦官が現れた。皇太后が奥の部屋を指差して命じる。

「中に運ぶのじゃ」

蒼君はずっと彼女の体を抱いていたかったのに、宦官たちの手により小響は運ばれて行く。無事であって欲しいと思うが、見守ることもできない。部屋は静かになり、小響の血が床を赤く濡《ぬ》らしていることに呆然《ぼうぜん》と蒼君は立ちすくんだ。

「蒼炎。ご苦労であった」

父からの労《ねぎら》いの言葉はそれだけだった。

5

七月七日、七夕――乞巧節《きっこうせつ》。

雨が降るかと思われたが、ほんのり雲がかかっているとはいえ晴れていた。酒楼の青い旗が風にはためく度に客が店に出入りし、芙蓉は馬車から降りると、ふと足を止めて空を見上げた。

――蒼君さまはどうされていたんだろう？

虎符事件以来、初めて蒼君と会う。怪我をしていて皆が心配したのでなかなか屋敷から出られなかったのだ。だが、斬られた腕もかなり良くなり、街が恋しくなると、蒼君がどうしているのか気になった。きっと案じてくれている。元気な姿を見せたかった。

『酒楼の旗はどうなっている？』

昨夜、寝ながら芙蓉が訊ねると、蓮蓮は言いづらそうに声を潜めた。

『連日、青いままです。蒼君さまは、ご心配なのでしょう。手紙をお送りするなら届けてまいります』

『ううん。心配ないよ。わたしが会いにいくから』

今日、芙蓉は、蓮蓮が止めるのも聞かずに男装して屋敷の塀を越え、こうして再び蒼君の待つ酒楼に入る。一つ、魯淑妃の形見である匂い袋を伴って。

「小響。無事だったか……」

一歩店に踏み入れれば、窓から芙蓉の馬車を見たのだろう、吹き抜けの中央にある大きな階段の上に蒼君がいた。そして強ばっていた顔をほころばす。

「蒼君さま」

丁寧に拱手すると彼が駆け下りて来て、芙蓉の頭を摑《つか》むと自分の胸に押しつけた。

「心配した。怪我はもういいのか」

「だい――」

大丈夫と言おうとして芙蓉は止める。もうその言葉は聞き飽きたと言われてしまう。

「傷は塞《ふさ》がり、少し痛みますが、腕も動かすのに問題なくなりました。蒼君さまが庇《かば》ってくださったおかげです、ありがとうございます」

蒼君は詳しく話を聞いても納得できないらしく、剣を当てられたせいでできた首筋の傷もよく観察する。

「首の傷は軽くてちょっと筋が残っているだけです。もう痛くもありません」

「ならいいが……」

『心配性ですね』と言おうとして芙蓉は止める。心配かけさせているのは自分だから。

あの日も、皇太后と二人で計画を立てずに、やはり蒼君に意見を聞くべきだった。そうすれば、彼までもあんな風に危険に巻き込まずに済んだかもしれない。

「街を少し歩きませんか。今日は七夕です。賑《にぎ》わっているはずです」

「そうだな……」

街では瓜《うり》を花の形に彫った七夕の縁起物の『花瓜』やら、泥人形『磨喝楽《もほろ》』などが露店で売っている。小さな木箱は女人たちが中に蜘蛛《くも》を入れ、翌日糸を張っていたら裁縫の腕が上がるという風習に使うものだ。男の子は詩や文字が上手くなるように筆や紙を贈られたりする。露店はそういうもので溢《あふ》れ、余裕のある者もない者も時節を祝って一つ手に取っていた。しかし、蒼君はそうしたものに目もくれずに、少し咎《とが》めるように芙蓉に訊ねた。

「どこまでが計画だったんだ？」

芙蓉は苦笑した。

「まさか、自分が囮《おとり》になるという計画だったのではないだろう？」

「囮だなんて違います。僕と皇太后さまは慶寿殿が警備が薄くなったと思わせておいて、賊をおびき出し、一網打尽にする計画でした。ただ——いつものように皇帝陛下の腰が重くって禁軍を動かしてくださるのに時間がかかっただけで……」

「それを囮というし、陛下が優柔寡断なのは計算にいれるべきことだった」

蒼君は怒っていた。当然だ。危険に引き込んでしまったのだから。芙蓉は素直に謝った。

「申し訳ありません。ご心配をおかけしました」

「もう少しで死ぬところだったんだぞ、あんな虎符一つのために！　それを小響は──

──」

しかし、蒼君は口をつぐんだ。

「言わないでおく。せっかくこうして会えたのだから、七夕を楽しむ方がいい」

「そう言ってくださると心が軽くなります。南盟宣と南太儀、じゃなかった南秋苑はどうなったかご存じですか」

南太儀は謀叛の罪で位を廃されたので、慌てて芙蓉は名に言い換えた。

「二人とも牢《ろう》の中で死んだ」

「死んだ？　詳細は知ることができたのですか」

大事な証人を失ったことに、芙蓉は啞然《あぜん》とした。

「南秋苑は十数年前に入宮したが、なぜか武術の心得があったことと、南兵部尚書の実の娘ではないことが判明した。子細を知っていただろうが──何者かに毒殺された」

「…………」

「南盟宣は隙をついて舌を嚙《か》んだ。拷問から逃れるためだというのが皇城司の見解だが──俺はそれだけではないような気がする……」

二人は一様に暗い顔になったが、芙蓉は忘れていたことを思い出した。長い療養を慶寿殿でとっていた時に聞いたことだ。

「あの火事の混乱に紛れて逃亡しようとした宮人の冉茗児が一命を取り留め証言したと

聞きました」

「本当か?!」

「はい」

「南秋苑の命令で動いていたそうです。あの火事の日もそうです。冉茗児は虎符を奪おうと部屋を物色しているところを魯淑妃と遭遇したそうです」

芙蓉は皇太后から聞いたままを伝える。あの竜舟《ドラゴンボート》の日だから、五月五日のことだった。冉茗児は誰もいないことをいいことに、魯淑妃の冷宮を漁っていた。それを見咎められたのだ。

『そなた、なにをしているの？』

冉茗児は遠回しなどせずに単刀直入に言ったという。

『虎符をお渡しください、魯淑妃さま』

『虎符をどうするつもり？』

『そんなこと、死にゆくあなたに関係ないでしょ』

嘲《あざけ》るように冉茗児が言うと『確かに』と言って魯淑妃は笑い出し、自分の手の中にある翡翠《ひすい》でできた虎符を見せたという。

『さっさと渡して。さもなくばどうなるか知らないわよ』

『どうなるというの？　私が死が怖いとでも？　怖いのはあなたでしょう？　どうせ脅されてこんなことをしているのですもの』

『………』

『ふふふ。言い返せないのね』

『黙れ』

冉茗児は虎符を力尽くで奪おうとしたが、魯淑妃は抵抗するのではなく、髪を結うときに使う椿油をあたりに撒《ま》いた。

『な、なにを……』

冉茗児は慌てて後ろに下がったので、油に滑って虎符を一つしか奪えなかった。

『死にゆく虎も嚙みつくことがあるんですのよ、ふふふ』

魯淑妃はそういうとまた我を忘れたように笑ったらしい。そして一つだけ絶やさなかった燭台《しょくだい》の灯《あか》りを、あらかじめ油を染みこませたと思われる書籍の山に投げ込み、火がさらに激しくなった。それがすぐに帳《とばり》に移り、炎を高くすると、梁《はり》に向かって火柱は上がり、煙が部屋に充満し、右も左も分からなくなったという。

『あ、あああああ』

冉茗児の裾《すそ》も燃え出し、彼女は転がり回った。魯淑妃は自ら口の中に虎符を入れ、そんな冉茗児の姿を『くくく』と笑いながら眺めていたという。そしておもむろに牀《ベッド》に戻って身を横たえた――。

『それは、もう尋常な様子ではありませんでした』

それが冉茗児の語る魯淑妃の最期だった。

蒼君は納得しない顔をする。

「しかし――冉茗児はどうやって逃げたんだ？　魏成完も一味だったのか」

「いえ、魏成完は利用されたようです。恋心を抱くように仕向けて普段から、冉茗児は食事を得たりしていたとか。だから火事のときも魏成完は冉茗児を助けようと火の中に入ったんです。しかし、わかりません。もしかしたら冉茗児が魏成完を庇っているのかもしれません」

「もしかすると、冉茗児は利用しようとした男に心を奪われてしまったのかもしれないな。それは本人にしか分からないことだが」

蒼君は小麦粉と蜂蜜《はちみつ》、油で作った菓子を一つ露店で買うと、芙蓉に手渡した。芙蓉はそれをポリポリ食べながら、酒を口から吐いて火をつける大道芸に目を移す。子供たちも大人も拍手喝采《かっさい》していて楽しそうだ。

「冉茗児は魏武官に逃亡を助けさせました。それも当初からの計画の一部です。まさか、あんな火事の最中とは思わなかったでしょうけれど。火事による怪我で計画は頓挫《とんざ》しかけましたが、冉茗児が翰林《かんりん》医官院の診療所に移されたので逃亡できました。そして当初の決まり通り、冉茗児は南盟宣と思われる人物と質《しち》庫を通じて虎符の受け渡しをし、それを元手に逃げる算段だったようです」

蒼君が息をついた。

「しかし、口封じされそうになった。だから冉茗児は保身のために証言することにした？」

「はい……しかし冉茗児は下っ端です。多くを知っているとは思えません。指示も南太儀から出ていたと証言しています」

「南太儀が亡くなったのは残念だ。南太儀は魯淑妃に仕えていたことがあるから、黒虎王とも関係があったはずだ」

「……皇太后さまは皇城司に冉茗児の身柄を引き渡すとお決めになりました。もう少し詳細が分かるはずです」

芙蓉は少し寂しくなった。

誰もが権力と金のために命を奪い、あるいは命をかける。そんなことをする必要もなく南太儀は妃嬪《ひひん》としてこれからも寵愛《ちょうあい》を受け、家族共々出世していっただろうに。

「どうして南太儀はあんなことを――」

「そもそも、南太儀こそが黒虎王の手下だったのだろう。妃嬪なのに武術の心得があったのもおかしい。武門の出というわけでもなかった。それに――黒虎王の残した兵にしろ、財にしろ、まだまだ眠っているものがあるのではないか。それは巨大で根が深い問題だ。もう片方の虎符も南太儀の寝室で見つかったのは聞いたか」

「はい……劉公公が調べさせたとか」

「兵部尚書も多額の軍費を横領していた。それだけでも万死に値する」

そして芙蓉は魯淑妃からの形見について触れた。赤漆の箱、火の文字の紙、杏《あんず》や朱雀《すざく》

などの装飾品、七の成数。匂い袋。さまざまなことが五行の火の属性に一致したという
ことを。蒼君はそれについて連絡を貰《もら》えなかったことを残念に思ったようだが、口にせ
ずに聞いてくれ、芙蓉の眼差《まなざ》しに目を向けた。
「やはり、魯淑妃が残した赤い箱の形見は死を前にした伝言だったと思われますか」
「さあ……どうだろう？　しかし、火に関わる方角は『南』だ。なにかを伝えようとし
ていたのかもしれないな」
芙蓉は頷《うなず》き、もう一つの心配事について訊《たず》ねた。
「皇宮に隠れていた黒虎王の配下の兵士は見つかりましたか」
蒼君は頭が痛そうに眉間《みけん》に指を当てた。
「侍衛、一千五百人の衣を脱がせた所、八百五十人ほどの兵士に黒虎王の黥《いれずみ》があった」
「まさか！　八百五十人⁈」
その数に芙蓉は驚く。実に半数以上が黒虎王に仕えていたということになるのだから。
「皇帝陛下をお守りする禁軍も含む、全兵士を全裸にさせて調べることが決まった。階
級が高い者も低い者も例外はない」
「もし虎符が盗《と》られていたら、後宮どころか皇宮全体まで乗っ取られていた可能性が高
かった……恐ろしいことです」
信じがたい巨大な陰謀をはらんだ事件が解決できたことに芙蓉はほっとした。国の危
機が回避できたのだ。怪我はしたし、今も傷は痛むが、もしなにか起こってしまってい

たらと思うと、それくらい大したことはない。皇太后も蒼君も無事ならなにもいうことはない。

「ああ……そうだ……」

蒼君は露店に足を止め、一つ、美しい翡翠の簪《かんざし》を手に取ると、芙蓉の手のひらの上に載せた。

「そなたの妹が結婚すると言っていたな……祝いをしないと……」

「あれは——口から出任せで——」

少し寂しそうに蒼君は空を見上げた。

「今夜は星が見えるだろうか」

「…………」

「見えたらいいが……」

その横を子供たちが蓮《はす》の葉っぱを頭に載せて道を走り去って行った。それを見た蒼君は作り物の双頭蓮《そうとうれん》の花を買うと芙蓉に持たせてくれた。これもまた七夕の風物詩。こんな時間が永遠に続いて欲しいと願掛けに、どちらからともなく開宝寺の塔の方角へと歩いて行く。塔の上では天が少しだけ近いからだ。ただ、馬行街に行くと、上流階級の街だけあって活気に溢《あふ》れていた。

「これはこれは若さま方ではありませんか」

道を我が物顔にごろつきたちを連れて歩いていたのは尉遅力である。革の鎧《よろい》に古びた剣を腰に帯びている。にこやかだが、喧嘩《けんか》でもしたのか目のあたりが腫《は》れていた。芙蓉は暗い気持ちが急に明るくなって駆け寄った。

「尉遅力さん、こんにちは。七夕の露店でも取り仕切っているんですか」

「まぁ、そんなところです。どうです？　今から賭《か》け相撲をするんです。見にきませんか」

「それは楽しそうです！　そうですよね？　蒼君さま？　行ってみましょう」

蒼君が微笑し頷いた。まさか、芙蓉自身が出場するわけにはいかないが、屋敷から小銭は持って来ている。八百長《やおちょう》でなければ、賭けるのも悪くはない。尉遅力が人だかりになっている梁院橋のたもとを指差した。

「十人ほど参加する予定ですよ」

「誰に賭けたらいいかなぁ」

大柄な男に、身の引き締まった男、ひょろひょろでとても勝てそうにない男。それぞれが準備のために体の筋を伸ばしていた。蒼君が言う。

「あの真ん中の無口そうな男がいいんじゃないか」

確かに、体は大きいわけではないが、なかなか力がありそうだ。芙蓉は言われた通りに名前を書いて金を箱に入れ、蒼君と微笑み合った。

「行け！　行け！」

そしてぶつかり合う男たち。熱気はむんむん、それぞれ勝ちを譲らない。芙蓉も拳《こぶし》を上げて応援し、声が嗄《か》れるのも厭《いと》わない。蒼君も楽しそうで、あの凄惨《せいさん》な事件が二人の脳裏から瞬時に吹き飛んだ。暗い気持ちのときにはこういうのに限る。尉遅力に会えたのはよかった。結局、二人は一試合だけでなく、最終の優勝者が決まるまで見物し、大《おお》儲《もう》けをした。

「やはり、蒼君さまの勘があたりましたね！」

銭の入った巾着《きんちゃく》を渡された芙蓉はにんまりと喜んだ。開宝寺に行ってお布施にする金ができてなによりだった。

「また来てくださいよ」

尉遅力が芙蓉にだけ声をかけたのは、いつも蒼君に勝たれて金を持って行かれるのが癪《しゃく》だからだろう。芙蓉は「ではまた」と明るく手を振った。

「少しは気晴らしになってよかったな」

「ええ。酒を呑《の》むよりずっとよかったです」

「酒を呑んでもしんみりするだけだ。尉遅力は娯楽がなにかよく知っている」

あまり尉遅力を褒めない蒼君が珍しくそう言ったので、芙蓉は少し目を開き、そして頷いた。

「そうですね」

「さて、開宝寺の塔に上るのだろう？　急ごう」

「はい！」

しかし、そこに頭上からドンチャン騒ぎが聞こえた。笛の音、琴の音、女の笑い声。富貴な男たちが妓楼《ぎろう》に上って宴を開いているのだろう。なにしろ七夕は楼閣に上って宴席を催すものだから。しかし、その中に芙蓉は見知った顔を見つけた。

「皇弟殿下……」

妓女たちを両手に侍《はべ》らせて窓際で涼みながら酒を呑んでいる。未来の夫の姿に芙蓉は幻滅し、いっそうあの人と結婚したくないと思って、どうやって断ろうかと考えると胃の腑《ふ》が痛くなる。

「また遊び歩いているのか――お暇な方だ」

蒼君も呆《あき》れたようにいい、芙蓉は今一度、楼閣を見上げた。そういえば、自分の夫となる人のことを芙蓉はさして知らなかった。知っているのは、女人にもてて、花鳥風月にうるさく、保守的な妻を望み、琴と笛を合奏できるような女人を探していることだけだ。確かに皆が言うように美男ではあるが――。

「それで、皇弟殿下のお名前はなんと言うんですか」

蒼君は楼閣の上を見上げながら答えた。

「河南王だ。河南王、趙熒惑《けいこく》――」

「熒惑はたしか、火星の異名……五行では火の属性の星……」

魯淑妃がくれた匂い袋の伽羅がふわりと香って、芙蓉はなにか大切なことを考え違えていたことに気づいた。

参考文献

「東京夢華録　宋代の都市と生活」東洋文庫　孟元老　入矢義高、梅原郁訳注
「夢粱録　南宗臨安繁昌記1、2、3」東洋文庫　呉自牧　梅原郁訳注
「中国人の生活と文化」二玄社　朱恵良　筒井茂徳、蔡敦達訳
「中国開封の生活と歳時　描かれた宋代の都市生活」山川出版社　伊原弘
「『清明上河図』をよむ」勉誠出版　伊原弘編
「王朝の都豊饒の街　中国都市のパノラマ」（図説・中国文化百華7）農山漁村文化協会　伊原弘
「中国生活図譜　清末の絵入雑誌『点石斎画報』で読む庶民の〝くらし〟」集広舎　相田洋
「中国生業図譜　清末の絵入雑誌『点石斎画報』で読む庶民の〝なりわい〟」集広舎　相田洋
「オールカラー版　基本としくみがよくわかる東洋医学の教科書」ナツメ社　平馬直樹、浅川要、辰巳洋監修
「太平恵民和剤局方　中医臨床必読叢書」人民衛生出版社　宋・太平恵民和剤局編　劉景源整理

本書は書き下ろしです。

男装《だんそう》の華《はな》は後宮《こうきゅう》を駆《か》ける 二

亡妃《ぼうひ》の翡翠《ひすい》

朝《あさ》田《だ》小《こ》夏《なつ》

令和6年 9月25日 初版発行

発行者●山下直久

発行●株式会社KADOKAWA
〒102-8177 東京都千代田区富士見2-13-3
電話 0570-002-301(ナビダイヤル)

角川文庫 24328

印刷所●株式会社暁印刷
製本所●本間製本株式会社

表紙画●和田三造

ISBN 978-4-04-115113-6 C0193

角川文庫発刊に際して

角川源義

　第二次世界大戦の敗北は、軍事力の敗北であった以上に、私たちの若い文化力の敗退であった。私たちの文化が戦争に対して如何に無力であり、単なるあだ花に過ぎなかったかを、私たちは身を以て体験し痛感した。西洋近代文化の摂取にとって、明治以後八十年の歳月は決して短かすぎたとは言えない。にもかかわらず、近代文化の伝統を確立し、自由な批判と柔軟な良識に富む文化層として自らを形成することに私たちは失敗して来た。そしてこれは、各層への文化の普及滲透を任務とする出版人の責任でもあった。

　一九四五年以来、私たちは再び振出しに戻り、第一歩から踏み出すことを余儀なくされた。これは大きな不幸ではあるが、反面、これまでの混沌・未熟・歪曲の中にあった我が国の文化に秩序と確たる基礎を齎らすためには絶好の機会でもある。角川書店は、このような祖国の文化的危機にあたり、微力をも顧みず再建の礎石たるべき抱負と決意とをもって出発したが、ここに創立以来の念願を果すべく角川文庫を発刊する。これまで刊行されたあらゆる全集叢書文庫類の長所と短所とを検討し、古今東西の不朽の典籍を、良心的編集のもとに、廉価に、そして書架にふさわしい美本として、多くのひとびとに提供しようとする。しかし私たちは徒らに百科全書的な知識のジレッタントを作ることを目的とせず、あくまで祖国の文化に秩序と再建への道を示し、この文庫を角川書店の栄ある事業として、今後永久に継続発展せしめ、学芸と教養との殿堂として大成せんことを期したい。多くの読書子の愛情ある忠言と支持とによって、この希望と抱負とを完遂せしめられんことを願う。

一九四九年五月三日

男装の華は後宮を駆ける

鳳凰の簪《かんざし》

朝田小夏

男装少女×美形貴公子が後宮の謎を解く!

百万都市・麗京《れいけい》に佇む後宮で、皇后が持つ「鳳凰の簪《かんざし》」を挿した宮女の死体が発見された。事件の情報収集のため、名家の娘の芙蓉《ふよう》は皇太后からある人物との連絡係に任命される。芙蓉が男装して指定の場所に行くと、待っていたのは蒼君《そうくん》と名乗る謎の美青年だった。初対面からぶつかりながらも事件捜査に乗り出す２人だが、そのさなか刺客に襲われ不穏な雰囲気に――⁉　男装少女と謎多き青年が闇に迫るハイスピード後宮ミステリ！

角川文庫のキャラクター文芸

ISBN 978-4-04-114411-4

天命の巫女は紫雲に輝く

彩蓮景国記

朝田小夏

巫女×王宮×ラブの中華ファンタジー！

新米巫女の貞彩蓮《ていさいれん》は、景国の祭祀を司る貞家の一人娘なのに霊力は未熟で、宮廷の華やかな儀式には参加させてもらえず、言いつけられるのは街で起きた霊的な事件の調査ばかり。その日も護衛の皇甫珪《こうほけい》と宦官殺人事件を調べていると、美貌の第三公子・騎遼《きりょう》と出会う。なぜか騎遼に気に入られた彩蓮は、宮廷の後継者争いに巻き込まれていき……!? 第4回角川文庫キャラクター小説大賞〈優秀賞〉受賞の大本命中華ファンタジー！

角川文庫のキャラクター文芸

ISBN 978-4-04-107951-5